*Jenny with Wings*

# 翼のジェニー

ウィルヘルム初期傑作選

ケイト・ウィルヘルム
*Kate Wilhelm*

訳◉伊東麻紀・尾之上浩司・佐藤正明・増田まもる・安田均

アトリエサード

装画：coco

目次

# 翼のジェニー

*Jenny with Wings*

「もうしわけありませんが」と看護婦は言った。「診察は予約制になっているんです。電話で申し上げましたよね」

「三週間先でなければ診てもらえないっていうことだったわ」ジェニーは言った。「私、三週間も待てません。急を要するんです」

横柄な看護婦は、女性特有のあからさまな態度でジェニーを品定めして、目に不承知の色を浮かべた。ジェニーにはわかっていた。自分の髪が今年の流行より長すぎるということも、長すぎる裾広がりのコートが二、三年前なら通用したかもしれないが、今では救いようのないほど流行遅れであるということも。それから、自分の顔が風やけで、ほてって赤らんでいるということも。彼女は毅然たるプライドをもって看護婦を見返した。看護婦のほうが先に視線をそらした。

「名前と電話番号を書いていってくだされば」と看護婦はいいだした。「もっと早くなるよう、やってみましょう。今日だなんて問題外です。もう、診療時間を過ぎていますから」

ジェニーはふんと鼻をならした。「私は、いま、先生にお会いするつもりです」彼女はおだやかに言った。

インターホンが鳴った。看護婦がそれに応えてボタンを押したとき、ジェニーは矢のようにその前を走りぬけて、事務机のむこうにある戸口に突進した。「リンドクウィスト先生」ジェニーは、デスクのうしろにすわってあっけにとられている男にむかって叫んだ。

「十分だけお時間をとってくださいー　私、先生に診ていただきたいんです！」

彼女が行動を起こすと同時に、看護婦は立ちあがってあとを追ってきた。そして、今や険悪な態度で近づきつつあった。医師は腰をあげ、看護婦に止まるよう合図すると、デスクをまわって歩みでた。ジェニーは駈けよって彼の腕にしがみついた。

「すみません、先生。止めようとしたんですけど」と看護婦は言った。

ジェニーは彼にすがりついた。「私は最初に電話したんです。ほんとにしました。でも、あの人は私の順番を三週間も先にしたんです。そんなに待てません。お願いですから……」

「お嬢さん。私は一時間後に約束があるので……」医師は彼女の手をほどこうとしはじめた。「もし、きみが明朝十一時にここへ来られるなら……」

ジェニーは看護婦のほうをちらっと見ると、爪先立って耳うちした。「先生、私、羽があるんです！」

医師は動きをとめた。呼吸すらも、目が彼女の顔をうかがうほんの少しの間、止まっているかのようだった。何をしているか悟られないうちに、彼は手を彼女の背中にあてて上下に走らせた。その出来事はすべて、看護婦が部屋を横切ってきてジェニーの腕をつかむまでの、わずかのあいだに起こったことだった。

「いいんだ、いいんだ」と医師はあわてて言った。押し出すように看護婦を診察室から出すと、ドアをしめた。彼はジェニーのほうに向きなおると、手を伸ばしてコートを取ろうとした。だが、彼女はさっとあとずさった。

「看護婦さんを帰してください」と彼女は言った。デスクのほうに退いて、もし彼が要求に応じなかったら、別の戸口から廊下に飛びだす構えをみせた。

リンドクウィスト医師は一瞬ためらったが、注意深くデスクの反対側に歩いていった。そのあいだ片時も、彼女から目を離さなかった。インターホンのボタンを押すと、それに向かって喋った。「ローズさん、今日はもういいから、帰りなさい」答を待たず、デスクに身をもたせると、彼は言った。「さあ、コートを脱いでください」

ジェニーがコートを取ると、彼は思わず失望のため息をもらした。彼女はその下にコットンの服を着ていた。前身頃はぴったりしているが、後ろ身頃はたっぷりひだを取ってある。ジェニーは間近で彼の表情をうかがった。緊張しているようだった。まるで恐ろしい戦いをしなければいけない者の顔だ。彼女はベルトのバックルをまさぐり、そうしながら視線を下げた。「私――私いつも、着る物で苦労するんです」彼女はぼそぼそ言った。「自分で作らなけりゃならないし、それから、下着をみつけるのがたいへんで……」

もどかしそうに彼は鼻をならすと、彼女に歩み寄りはじめた。彼女はあとずさりした。「私は医者ですよ」と彼はおちつきはらって言い、歩みをとめた。

ゆっくりとジェニーはベルトを取り、服のボタンをはずし、ようやく足のほうから全部脱いだ。幅の広いゴムのバンドが、わきのしたのところに一本と腰のところに一本、巻いてあった。彼女はそれをはずした。それから翼をひろげた。

「おおっ！」医師は短いあえぎ声をあげ、黙りこんだ。彼の顔には畏怖と懐疑の色が浮かんだが、それはすぐ歓喜にかわった。彼はゆっくりと彼女のまわりを歩いてまわった。そのあいだに彼女は、まず片方の翼を大きく広げ、ついでもう片方の翼もそうした。それは長さが六フィートあり、いましめを解いたあとはいつも痛みと疲れをおぼえた。翼のよじれを伸ばし、それをおちつかせると、両の翼は、彼女の背中から張り出して静かに揺れていた。

「おお」医師はもう一度、驚嘆の声をあげた。「信じられなかった。コートの上からさわってみても、まだ信じられなかった。美しい！　美しい！　金色だ、カナリア色だ、きみの髪と同じ色だ。とても柔らかい……」彼の手を感じたとき、彼女ははげしく身震いした。

「けがをしてるのかい？」医師はあわてて、心配そうにたずねた。「翼をいためてるのかい？」

彼女はかぶりを振った。彼の注視をあびて、自分が赤くなるのがわかった。「そうじゃありません」と、どぎまぎしながら言った。

「そう」と彼は言った。それから「おお！　そうか、シーツだ。ちょっと待ってくれ……」

彼女はとりすましてそれを受けとると、翼の下を通して、前で重ね合わせた。「ピンありませんか？」と彼女はたずねた。彼はそれを渡した。

「さあ、すわりなさい」彼は、デスクのそばに背のまっすぐな椅子を置きながら言った。ジェニーは急いで目をあげたが、彼はまた背後にまわって翼を見ていた。ためらいがちに彼は手を伸ばして、彼女を見た。「いいかな？」彼女はうなずくと、彼の手の衝撃にそなえて身をこわばらせた。

「名前は？」彼はだしぬけにきいた。「どうやって秘密にしてきたんだね？　だれが私のところによこしたんだい？」彼は自分の顔をなでると、別の椅子を彼女の向かいに引き寄せた。そして椅子にまたがると、背もたれの上で腕を組んで、その上にあごをのせた。

ジェニーは、シーツにくるまり、彼を目の前に見ていると、さきほどより気分がおちついた。彼女は答えるまえに医師をよく観察した。彼は思っていたより若かった。からだつきはがっしりして、ひきしまっている。物腰はいくぶんぎこちないが、たぶんおさえた興奮のためだろう。しかし、興奮していても、彼女がちゃんとすわれるのは背のまっすぐな椅子だけだと気づいていた。彼女は以前にも、翼をひろげたとき人が興奮するのを見たことがあったが、それはたいてい貪欲さをおしかくしたものだった。さもなければ恐怖を。彼の場合はどちらのそぶりもなかった。彼女は言った。「先生、ほんとにお時間を取らせたくありません。約束があるっておっしゃったでしょう」

「ああ、あんな約束、糞くらえだ！」もどかしそうに彼は受話器を引き寄せるとダイヤルをまわした。その間、片時も彼女から目を離さなかった。彼は有無を言わせぬ口調できびきび喋ると、接続を切って受話器を置いた。「約束のほうはこれでいい」と彼は言った。

「でも、ほんとに長くはかかりません」ジェニーはまた喋り出した。「ちょっとアドバイスがいただきたいだけなんです。私、結婚をします……するつもりなんです……」

彼は急に立ちあがり、椅子をひっくりかえしかかって、あわてておさえた。「いや、とんでもない！」彼は叫んだ。「ドアに鍵をかけ、窓に鉄格子をはめて……」彼女は、気分が悪くなるほどの恐怖がわきおこるのを感じ、それが顔に表われたのがわかった。彼はまた腰をおろすと、おちついて言った。「すまない。弁解のしようもない。だれかがきみにそうしたんだね」

彼女はうなずいた。

「きみをなんて呼んだらいい?」

「ジェニー。ジェニー・アルトン」

「いいだろう、ジェニー。きみをひきとめようとしたりしないって約束するよ。で、よかったら、とどまって少し話をきかせてくれないか。そのあとで、この訪問の理由にとりかかろう」

「お話しします」彼女は静かに言うと、もう一度翼をおちつけた。それまで気づいていなかったのだが、両翼は、今にも宙に舞い上がって飛び去らんばかりに、広げられて鳥のように油断なくつりあいを保っていた。「私はいままでパプ以外のだれにも、その……そのことについて話せなかったんです」

「そうか」と彼はつぶやいた。「口をはさまないから、どこからでも始めなさい」

「学校にあがるまで、私は自分が人と違うということを全然知りませんでした」彼女はほんの少しためらってから、そう言った。「父は戦争で死にました。母は、私が二つのとき、パプと私のふたりを置いて出ていきました。母のことはまったく覚えていません。パプっていうのは私の祖父なんです。パプは、私が生まれたとき、母とお医者さんにどうしても私の……私を手術させませんでした。そして、母が出ていってからは、パプが私の面倒をみてくれました。パプはよく地面に立って私を見守りながら、大声でこう叫んだものです。『飛べ、ジェニー! 飛べ、それ! 飛べ!』って。パプは私の翼をほんとうに誇りに思っていました。毎晩、私におやすみのキスをして、『おやすみ、翼のジェニーちゃん』て言うんです」彼女は恥ずかしそうに医師のほうを見た。

彼の目は興奮と理解で燃え輝いていた。「私、とてもしあわせでした」と彼女が言うと、彼はうなずいた。「やがて、学校にあがる歳になりました」彼女は二日目か三日目の遊び時間のことをはっきり覚えていた。彼女は続けた。「なぜみんながいつまでもつまらない遊びばかりしていて、飛ばないのかわかりませんでした。私は、もうなわとびなんてやっていられないって思いました。それで、服を脱いで飛びはじめたんです」彼女は医師のほうを一瞥して、彼の唇がニッとゆがむのを見てとった。彼女はうなずいた。「ほんとに大騒ぎになりました」彼女は思い出し笑いをした。

「きみはどうしたんだね」医師は真顔でたずねた。

「家に飛んで帰りました、もちろん」彼女はあっさりと答えた。「私たちはその日のうちに引っ越しました」

彼と目が会って、ふたりして笑った。「私、その出来事をおかしいって思わないようにしてるんです」やがて彼女はそう言った。「おかしかったはずはないんです。でも、みんなの顔つきや、金切り声をあげる様子ったら……」

「でも、そのときおかしいって思ったのかい？　びくびくしたり、さびしかったりしたことは？」

「先生にはわかりません」彼女はそう言うと、両翼をぴんとひろげてそれを見た。「飛んでいたら、ほかにだれもいりません。それに、私にはパプがいました。私たちはもちろん、たくさん旅をしましたけど、パプは気にしませんでしたし、私だってそうです。私があまり寒いおもいをしないように、いつも南部で暮らしました。私は一日で何百マイルも旅することができました。そして上昇したり、宙返りしたり、急降下したり、でなかったら、貿易風にのってただ滑空していたりできたんです。私にはほかの女の子のことはわかりませんでしたし、あの子たちには私のことはわかりませんでした。あの子たちがすることで、私にはできないことがたくさんありました。パジャマパーティ、水泳、服の取り替えっこ。でも、そんなことはどうでもよかったんです。私は飛べたんですから！」

「しかし、そのうちとうとう人に知られてしまった。そうだろう？」と彼は優しく促した。

彼女は鋭いまなざしを彼に向けた。どうしてそれがわかったんだろうかと。

「さけられないことだよ。きみに腕をまわした男の子が驚く目にあうことになるのはね」と彼は言った。「それから、男の子がきみに腕をまわしたがることもね」

「私は男の子について知りました」と彼女は悲しそうに認めた。

「そのとき私は十二歳で、すぐ十三でした。はじめて少年少女パーティに行きました」ため息をつきながらそのパーティのことを思いかえした。「だれかがあかりを消したとき、その男の子ジョニー・ローランドがいたんです。彼のことは決して忘れません。彼は十四でした。私のとなりに腰をおろすと、まもなく彼の両手が探りはじめたんです。私びっくりしました。でも……」

彼女はちょっと間を置いた。顔がほてるのがわかった。「とにかく」とあわてて続けた。「まわした彼の手が羽にとどくと、ぴたっと止まりました。私が片方の羽をぴくっと動かすと、彼は叫び声をあげました。その声でポーチからその家の子の両親がやって来てしまいました。そのあとあかりはつけっぱなしにされ、私たちは卓球をやってました。ときどき彼のほうを見ると、いつも彼の目は見ひらかれて、おびえていました」ジェニーは口をつぐみ、床を見つめた。

医師は席を立って、診察室のむこう側にあるあかりのスイッチをいれた。それからキャビネットのところでせわしそうにしながら言った。「いまコーヒーをいれるから。きみが話しているあいだ考えていたんだけど、きみは幸運だったたよ、どこかしら普通の人と違うところのある人は、たいていつまはじきにされて、最下層民のような思いを味わうものだ。見たところきみは、まあまあ並みの幼年期と青年期を送ってきたようだ」

「そんなことはありません」彼女はそう言いながら、ちょうど沸きはじめたコーヒーの香りをかごうと彼に近寄った。「私、八年生のときに学校をやめなければなりませんでした。だって体育ができなかったんです。ほら、シャワーがね。体育を休むにはお医者さんの診断書がいるんです。私たちはまた引っ越しました。それから、人には私が十七だって言ったんです。うまくいきました。でもパプは、私に家で勉強させました。順序立ててやったわけではありません。その町の図書館の本を読みきってしまうと、ほかへ移るというふうにしました。いつも小さな町を選び、田舎で暮らしました」

医師は二つの大きめのマグカップにコーヒーをつぐと、それを運んでデスクのところにもどった。ジェニーは彼の動きのぎこちなさについて考えた。たぶん古い戦傷のためだろう。彼の顔には苦痛を思いおこす表情が見てとれた。痛みを知らない者の顔には見られない、思いやりのある優しい顔つきだった。

彼女は医師のあとについて部屋を横切った。翼は広げられて、足は床にかろうじて触れていた。医師の目は翼にしっかり釘づけになっていた。彼女は翼をしっかりたたむと、マグカップを手に取った。彼は目を閉じ、すこし間を置くとたずねた。「きみを閉じこめたというのはだれなんだね」

「お医者さんです」彼女は力なく言った。「ある日、私は外に出ました。そして、岩の多い斜面に降り立ったんです。私のせいなのか、偶然出くわしたのかはわかりませんけど、岩がくずれはじめて、逃げ出す前にその一つが片方の肩にあたりました。どうにか家に帰りつきましたけど、気を失って、パプを死ぬほどびっくりさせました。目がさめてみると病院にいました。肩には包帯が巻かれ、着ているガウンは背中で結ばれていて、手がとどきませんでした。自由になれず、窓には鉄格子がありました。私、ぞっとしました。お医者さんが何かの書類にサインさせようとしました。そうすれば私の手術ができたんです。どうしてもサインをしないと、私に注射をうちました。つぎに気がつくと、パプが散弾銃をもってそこにいて、私のガウンを切りはがしていました。私たちは逃げ出しました。なんと、そのときは文字どおり走ったんです」

リンドクウィスト医師は立ち上がって、彼女のそばにやってきた。当惑げに彼はたずねた。「なぜ彼はそんな手術をしたがったんだね。きみの翼がなくなったら、彼にどんな得があったんだ」

「その先生は翼を切りとろうとしたんじゃないんです」彼女はいまわしげに答えた。「私が飛べないように、筋肉を何本か切断しようとしたんです。彼はパプに、そうしなければ私が死ぬだろうと言いましたが、パプもぜったいにサインをしませんでした。その先生はどうにかして先へ進めようとしました。それから、同僚たちに私を見せたり、論文を書いたりしようとしました。そうして自分が有名になったら、手術して私を正常にするつもりだったんです」

リンドクウィスト医師はひとこと毒づくと、横をむいて二つのカップにコーヒーをつぎたした。

「きみはなぜ今になってここに来たんだね。それから、どうして私のことを知ったんだい」

ジェニーはカップをもって立ちあがると、窓のほうへ行った。彼に背を向けたまま、小声で言った。「私さっき、男の子について知ったって言いましたけど、でも違いました。ほんとうに知ったんじゃないんです。あの、手術されそうになったあと、私ほんとうに具合が悪くなって、飛ぶことができませんでした。新しい近所の人たちの何人かと知りあいになりました。ひとりの男の子がいました……。そのころには、私はほんとうに十七歳になっていました。彼は十八か、十九でした。彼はよくやってきて、すわって私を見てました。とても無口でした。私は彼の夢を見るようになりました。うちにはハンモックが一つあって、引っ越すときはいつもそれをもっていきました」そこで彼女は言葉を切った。しかし、医師がうなずいたので、説明をはぶいて続けた。「そしてある晩、私がそれに腰かけていると、彼がキャンディを一箱もってやってきたんです。彼は地面に腰をおろすと、草を一本一本むしりはじめました。結局、私にプロポーズするまで漕ぎつけるのに一時間近くかかりました。いまにも彼が切りだしてくるのがわかって、私は心配になりました。でも、どうやってやめさせたらいいのかわかりませんでした。私はただそこにすわって、ジョニー・ローランドのことを思い出していました。彼が私に触れたときのあの叫び声を……。とにかく私は何も言えませんでした。だって、あのことの前にジョニーの手が触れたときの感触や、そのときの私の気持ちも思い出したんですもの……」彼女は弱々しく笑うと、とりすましてて腰をおろし、両手を膝に置いた。「私のことを、なんていいかげんな女だと思っているのでしょうね」

「そんなことはないよ。ジェニー。私はきみを……。気にしないでくれ。で、どうしたんだね」

「彼に、一時間したらもどってくるように言いました。そしてパブに買い物に出てもらってから、服を脱いでローブを身につけました。その子はもどってくると、居間にはいってきました。私、ローブを取りました」彼女は医師の顔におかしそうな表情を見てとった。すぐ大声で言った。「ああ、ひどいもんだったわ！　彼を見せたかったわ！　私が望んだのは彼が愛を告げてくれることだけだったのに、彼ったら、ひざまずいて祈りはじめたの。ゆきすぎだわ。腹が立って、急に彼が子供っぽくて、無知で迷信深い愚か者に見えたの。私はできるだけおそろしい声で言ってやったわ。私はおまえのこれからの人生を見守っているぞ。おのれの罪を悔いあらためるがよい――ってね。そして飛び去ったの」

医師は長いあいだ笑っていた。「ジェニー、ジェニー」と彼は言った。「それできみは、まさに悪戦苦闘して、自分に男性の心がつかめることを確かめようとしたわけだ」

「そうなんです」彼女はぽつっと言った。「でもだめでした。ある人は走り去ると、刈込み用の大ばさみをもってもどってきました。また別の人は気絶してしまいました。つぎの人はニューオーリンズのどこかで聞き覚えた聖歌をぶつぶつ歌いはじめました。最後の人は、私が人間のお腹から生まれたのか、卵からかえったのかってききました。その人に一生忘れられない飛行を経験させてやったわ！　でももう、そういったことにうんざりして、あきらめたんです。今までは」

「ジェニー」医師は真顔でたずねた。「きみは、羽のことを知っている男性にキスされたことがありますか」

彼女は医師のほうを向くとうなずいた。「急を要するのは、そのことなんです、先生。今度は本物の恋をしたんです。彼は私を愛してくれてます」

医師は向きをかえるとデスクのほうへ歩いてゆき、そのむこう側に職業的に腰をかけた。彼の態度が微妙に変わったことが、ジェニーを当惑させた。ほかの患者のまえではこういう態度をとるに違いない。さきほどまでのにこやかな思いやりのある人柄というのは、仕事以外の客に接するときのものなのだ。彼がデスクのところに行かなければよかったのにと彼女は思った。「それで、きみの知りたいのは、私にその翼が切りはなせるかということなんだね？」彼はたずねた。

翼が反射的にもちあがるのが、ジェニーにはわかった。

「違います！　まさか！」どうにか気をおちつけて、また腰をおろした。「わからないんですか。そんなことできません！　それは考えたこともありますけど、でもできません。たとえばもし、世界中で青い色を見ることができるのが先生だけだったとして、ほかのだれにもそれがわからないからというだけで、その力を捨てますか？」彼女は指の爪をつぶさにみつめた。「私、たくさん本を読んだって言いましたね。ああ、クズよ！」彼女はふいに泣き叫んだ。「私の知っていることはそれで全部！　本で読んだことだけ！」

リンドクウィスト医師は身をのりだして言った。「つまりきみは、生命の秘密をきかせてほしいと言うのかね？」

彼女はしゃくりあげると、彼の不審げな視線にたじろいだ。

「ちょっと違います」と口ごもりながら言った。「生物学の本を何冊か読みました……。私が自分に子供ができるかどうか関心をもつのは当然です。それと子供が私みたいになりそうなのかも……それから、どうやったら……」彼女の声は、最後にはほとんど聞きとれないくらいだった。「どうやったら、私あれができるんでしょう。このいまいましい羽が、何かにつけてじゃまになるんです」

彼は堰を切ったように大声で笑いだすと、なかなか話をはじめなかった。彼が笑いやむまで、ジェニーはむっとして彼をみつめていた。

「ぜんぜんおかしいことだと思いませんけど」といきまいた。「私にとってはとても深刻な問題なんです」

「ああ、ジェニー」彼はあえぎながら言った。「ごめん、ごめん。ちょっと待ってくれ」彼はぎこちなく部屋のむこう側へ行くと、ガラス戸つき本棚のなかの本の背に指を走らせた。「ああ、これだ。それからこれ」さらに三冊目の本を抜き出した。うやうやしくおじぎをして、その三冊の本を彼女の前に置いた。「これで一番目の問題は解決するだろう。最初のに関しては……きみを検査しなければならないね」

彼女は下唇をかんで、目を伏せた。彼が検査室に彼女を連れてゆくと、検査台のところで彼女が首を横に振ったので、とまどったようだった。「だめです」彼女はつぶやいた。「わからないんですか。私、あおむけになれないんです！」

「おちつきなさい」彼はうなるように言った。「あおむけなんて言ってません。わき腹を下にして。もしきみが妊娠したそのときには、きみのお医者さんに主のあわれみのあらんことを！」

彼女はまごまごしながら検査台をみつめ、医師のほうをふりかえったが、医師は流し台に身をかがめて手を洗っていた。細い声で彼女はたずねた。「全部脱ぐんですか？」

「そうするのがふつうの手順だよ」彼はすげなく答えた。

ゆっくりした動作で彼女はパンティを脱ぎ、シーツをとめてあるピンをはずした。検査台に近づいてゆくと、彼がそばにやってきて手をさしのべた。「手をかそう」と彼は言った。彼の手が触れると、彼女ははた目でわかるほどの身震いをした。彼の視線がからだをよぎると、自分の顔や首筋が紅潮するのがわかった。急に彼は顔をそむけた。「またシーツを掛けて」としゃがれ声で言った。「X線透視で検査します」

彼は装置のうしろの彼女の位置を直すと、ドアをしめた。「目がなれるのに数分かかります」ひじょうに職業的な声でそう言った。短い沈黙のあと彼はたずねた。「なんで、今度は自分が恋をしているって思うんだね？」

ジェニーはからだに押しつけられている装置の冷たさを感じた。彼女はため息をついた。「私、春を追いかけてミシシッピから北のほうへずっと飛んでいきました」と言った。「木々が花をつけはじめると、まず農家の人たちが出てくるの。つぎに爪をもった小さな男の子たち、それから恋人たち」彼女はまたため息をついた。「私は山々の上空を飛んで、春の観察みたいなことをしていました。花が咲いている桃の木があったので、ピンオークの木に腰かけて、ピンクの花が青空に映えているのを見てました。すると突然、車のぶつかる音がしました。それがスティーヴだったんです。けがをしていないかと、私、降りていってみました。彼はとてもハンサムでした……。当然、彼をひとりおきざりにして、凍えさせるわけにはいきませんでした。そうしたら、凍死してしまったでしょう。それで一晩中、彼をだいて、私の羽をふたりのからだに巻きつけていました。彼は衝突で足首をけがしていました。それだけでしたけど、朝までは助けを求めに、道路までずっと歩いてゆくことなどできませんでした」

彼女が言葉を切ると、医師が間近からとても信じられないといった声でこうたずねた。「そんなふうにして恋におちたのかね」

「そうじゃありません」と彼女は言いかえした。「彼は気を失っていました。だから私、彼を助けなければならなかったんです。そうじゃありません？」

「彼が気を失ったのは、きみがすっぱだかで飛びまわっているのを目にとめる前だったのかな、後だったのかな」医師は辛らつな口調で言った。「それから、そのことに関してだが、きみはいつもそんなかっこうで飛んでいるのかね。尻が風やけになってるじゃないか」

「ああ」と彼女は叫んだ。「ほら、そこが彼の違うところなんです！　彼は絶対にそんなこと言いません！　ほとんど夜のあいだ中、私の存在を信じることもできなかったんです。彼は自分が気が狂ったのだと思い、私のことを天使だと考えました。彼の話し方はとても……とてもすてきでした。いままであんな話し方をしてくれる人はいませんでした――羽を見ていなくても」

医師の嘲笑めいた短い笑いがあった。彼が装置をいじると、装置にあかりがともった。また口をひらいたとき、彼の声はくぐもって聞こえた。「それで、きみは彼を恋してしまった」

「はい」彼女はぼそっと言った。「彼と恋におちたんです。私、本に書いてある恋とそっくり同じように感じて、その真っ只中でぞくぞくっとしておかしな気分でした。彼も同じふうに感じていました。朝まで彼といっしょにいると、車が来るのが聞こえました。それで、彼は私にキスして、それから私、今晩彼の小屋に行く約束をしました。私たち結婚するんです」

「おお、いいぞ」医師は大声で言うと、装置のスイッチを切った。「だいじょうぶだ。すべてあるべきところにある。来なさい」彼はドアをあけておいて、彼女のあとから診察室にはいった。「もし彼がきみのことをそんなに好きだったら、なぜ一週間も延ばすんだね。なぜきみはすぐに彼のもとへ行かなかったんだ。いやそれより、なぜ彼といっしょに行かなかったんだ」

「彼は仕事で町へ行かなければならなかったんです。それに、足首をお医者さんに見せなければならなかったし。それがすんでから山小屋にもどって、私を待っていてくれるんです。ロマンティックでしょう？　山小屋なんて。それから私も、しなければならないことがいくつかあったんです」

「私の診察室に乱入するといった？」

「あんなことしたくなかったんです」彼女は言いかえした。「おたくのあのばかな看護婦は、自分を神様だと思っているのよ。先生はあの人のせいで、きっとお仕事をたくさんのがしてます」

彼女は深く息をついた。「今日はおじゃましてすみませんでした。心からおわびします。先生の夕方の時間をだいなしにしてしまいました。きっと奥さんが心配して……」

「私は結婚していません」と彼は口をはさんだ。

「えっ？」ジェニーは彼をちらっと見て、無意識に頭を振りかけた。「とにかく」彼の気持ちを考えてそれにはふれずに、彼女は言った。「いくつかの疑問の答えを知らなければならなかったんです。スティーヴが――それが彼の名前です――行ってしまってから、家に飛んで帰って、私を取りあげたお医者さんの名前をパプから聞きだしました。それからテネシーに行ってその先生を捜しだしました。彼はちゃんと覚えていましたけど、私はうちあけることができませんでした。彼はとっても歳をとっていたんです。信頼できるお医者さんを必要としていると言ったら、先生の名前を教えてくれました。彼は言ってました。先生は奇形が専門だということ、人々を助けることに人生のすべてをささげているということ、そして、彼らが対等にあつかわれるよう手助けをするために、外に出て彼らを訪ねているということも。それで私、ここに来たんです」

医師は椅子に浅く腰かけて、静かに彼女を見た。「今度の男性は確かなのかな、ジェニー？愛することと、のぼせあがることの違いがわかるかい。春が、美しい孤独な女の子になにをするか、きみは考えたことがあるのかい」

彼女はうなずいた。自分がまた赤くなっているのがわかり、彼がデスクに置いてくれた本を、思わず知らず片手でつかんだ。

「そこにあるきみの持ち物をもって、服を着なさい」ぶっきらぼうに彼は言った。「それとも飛んで行くつもりかい」

視線が窓のほうに向き、彼女はまたうなずいた。

「ちょっと待ちなさい」と彼は命じた。隣の小部屋にはいってゆくと、大きなクリームの瓶を持ってもどってきた。「これを全身に擦りこみなさい。すぐにしみこんで、風やけや風邪になるのを防いでくれるだろう」ジェニーがびっくりした顔で彼を見ると、彼は肩をすくめた。「私の患者に、ほとんど水中で生活している人がいる」と彼は説明した。「彼はまるで鰓と肺をもっていて、鰓を使うほうが好きなようなんだ。そのクリームが彼のからだを温かく保っている」

彼女はなにもいわずに瓶をもって更衣室にはいり、クリームをからだに擦りこんだ。それはすぐに跡形もなくしみこんだ。彼女はためらいがちに窓辺で立ちどまった。「先生」と言った。「ありがとうございました。もし、先にスティーヴと出会っていなかったなら……だって、先生はすごく親切でしたから……」彼女はシーツをおとし、本をしっかりつかむと、空中に舞い上がった。町から吹きあげてくる暖かい上昇気流で翼がはらむのを感じながら、上昇し、からだを傾けて旋回した。窓のほうを見たが、もう彼の姿はなかった。彼女は西に向かって上昇を続けた。

彼女は山小屋へとあやまたず飛んでゆき、木々のあいだの空き地についたときようやく速度をゆるめた。心臓がはげしく鼓動していた。医師がくれた軟膏のおかげで少しも寒さを感じないにもかかわらず、自分が震えているのがわかった。胃が、ほんとうの痛みではない痛みで、気持ち悪かった。翼をからだの近くに引きよせ、木々のあいだをかすめて飛ぶと、空き地をとりかこむ木々のひとつに舞いおりた。彼女はがっしりした枝に腰かけて、心臓の鼓動が静まるのを待ち、急な脱力感からぬけだそうとした。いつのまにか煙が漂っているのに気がついた。たばこの煙だった。何かの動く気配もあった。彼女は木の幹に背中を押しつけ、耳と目をそばだてた。

やっと男と女の人影が見わけられた。女は木の幹でたばこをもみ消していた。ジェニーは枝の上で腹ばいになり、翼をからだにおおいかぶせた。ふたりが近づいてきた。

「スティーヴ、もしこれが悪ふざけだったら……」女はおどすような低い声で喋っていた。

「あの娘を見れば、悪ふざけだなんて思わないだろうぜ」彼が小声で言いかえした。「あの空き地から目を離さないようにな。あの娘が——あいつが——何でもかまわないが、いまに姿を見せる。その仮面を手にいれるのに骨が折れたかい」

「いいえ。かかわりをもつのはいやだわ、やっぱり。女の子に羽があるからっていうだけで、その子を誘拐してサーカスにいれるなんてできないわよ。その子は喋ったり叫んだりできるんでしょ？」

「俺がヤクを手にいれりゃあ、できなくなるさ」と彼はつぶやいた。「畜生、あの羽ときたら！広げりゃ優に十二フィートはあるぜ！　その鳥の仮面をつけて、口はテープでふさいどきゃあ……。俺たちのしなくちゃならねえのは、あの娘をちゃんとヤク漬けにしておくことだけさ。そうすりゃ、おめえ、金がころがりこんでくるって寸法よ！　シーッ！」ふたりは黙りこんだ。ジェニーも耳をすました。「羽の音が聞こえたと思ったんだが」スティーヴがぼそっと言った。「いいか。おまえはここで見張ってろ。俺は戸口のところに行っていたほうがいいな。あそこなら、あの娘が近づいてきたときに、俺の姿が見えるだろう。おまえのすることはわかってるな？」

「わかってるわよ」女の声がかえってきた。「あんたがその子をなかにいれたら、そのあとから戸をしめて、かんぬきを掛ければいいんでしょ。あんた、ほんとにその子をあつかえるの？」

彼は笑った。ジェニーは彼が山小屋のほうへ歩いてゆくのを見守った。すべてが忘れ去られ、彼女の心は氷のように冷たい激怒でいっぱいになった。彼が戸口で立ち止まってマッチをつけるまで待った。注意深く、木の曲がったところに本を置いた。それから、フクロウのように静かに女めがけて急降下し、音もたてずに彼女の腰に片腕をまわしてつかまえ、もう一方の手で口をおさえ、同時に急上昇した。地面から十五フィートほど離れるまで、女はすこしもがいたが、そのあとぐったりとなった。ジェニーは女をかかえて一マイル先の道路まですばやく飛んでゆくと、その木のてっぺんに彼女をおろした。五、六回乱暴に平手打ちをくわせて、意識がはっきりしたのを確かめると、木にしがみついている彼女をそこに置き去りにした。ジェニーは山小屋へもどった。スティーヴは戸枠によりかかっていた。

彼女はよく見えるように大きく円を描いてから、ゆっくり下降し、彼から三十フィートはなれて着地した。彼女は立ち止まって両腕をさし伸べた。スティーヴは一瞬ためらったが、彼女のほうへ走ってきた。

「ダーリン」と彼女の髪のなかにささやきかけた。「来ないんじゃないかと心配したよ」首筋にかかる彼の息が温かかった。ジェニーは彼のからだに両腕をまわして、しっかり抱くと、翼を広げて飛びあがった。スティーヴはしわがれ声で叫び、彼女にしがみつこうとした。彼女は笑った。「下を見てごらんなさい、スティーヴ」と彼女は静かに言った。「ほんとうに放してほしいの？」

「ジェニー」彼は叫んだ。「息ができない。下に降りよう。こんなのおかしくないよ」

「すぐにね」と彼女は優しく言った。「もうすぐよ」彼を抱えて飛び続け、谷あいにはいり、観光牧場とその囲いを通り過ぎた。彼女は近くに立入禁止区域を見たことがあった。もしそれほどはやく疲れてしまわなければ、その場所を正確に思い出せると思った。黙々と彼女は飛び続けた。

やがて眼下に見覚えのある土地があった。兵隊と犬が駐屯して警備を固めている軍用区域だ。彼女はレーダーを避けて低空飛行し、地上二十フィートをかすめるように飛びながら、丘の反対側にあるはずの湖を捜した。飛ぶ速度をおとすと、彼女は残念そうに言った。「スティーヴ。どうやら私、疲れてきたらしいの。甘い言葉でこれを切り抜けてみせて、愛しのスティーヴ」彼はしがみつこうとしてジェニーをつかんだが、彼女はそれを振りはなした。そして、悲鳴をあげながら落ちてゆく彼のまわりをぐるぐる回った。彼がたてた水音に応じて、すぐに人の叫び声と犬のほえ声があがった。木々の梢のわずか数インチ上を、彼女は音もなく飛び去った。

そして怒りは燃えつき、彼女は力をぬいて滑空した。当てはなかった。さあどうするの、ジェニー？――と、悲しげに自分に問いかけた。たぶんリンドクウィスト先生のところへもどって、私を正常にする手術をお願いすることになるだろう。彼はとても親切だった。それに、本を返して、結局いらなかったと説明しなければならない。彼は私のことを美しいと言ってくれたから――たぶん――突然、彼女はびっくりして悲鳴をあげ、急な横転をして、完全にひっくりかえしになり、背を下にして漂いながら、必死にあたりを見まわした。何かが彼女に触れたのだ！　そのとき、二本の腕が彼女の腰にまわされ、温かいからだが彼女の背中に押しつけられた。

彼女は頭をひねって振りむき、息をのんだ。「リンドクウィスト先生！」

「トアって呼んでいいよ」彼はジェニーの耳にささやいた。今度は彼がからだをよじって自分たちの向きを直した。そして、つぎのわずかな動作でふたりは大空に向かった。彼らは完全に呼吸を合わせて飛んでいた。

「なぜ話してくれなかったんです？」と彼女は問いただした。自分が震えているのがわかった。彼がとてもぎこちなかったわけというのはこれだったのだ。彼の翼がからだに巻きつけられていたのだ。

「話したかったよ。きみの翼をこの目で見てこの手で触れるまでは信じられなかったんだ。そのあと、きみが恋をしていると言ったので、そうではないことをきみにわからせなければならなかった。きみはわかってくれるだろうと思った。青空に映えた桃の花にきみは恋をしたのさ」彼の両腕はもう彼女をささえていなくてもよかったので、両手が急がずに彼女のからだの上を動いた。

「ああ」と彼女は息をついた。彼の笑い声が彼女の耳にやわらかく響いた。

「気流がある」と彼は優しく言った。「ちょっと滑空しよう。ぼくたちは二、三時間この空にとどまるんだ。話し合うことがとてもたくさんある。することもたくさんある」

ジェニーは意外にも自分が少しも震えていないことに気がついた。

（訳・佐藤正明）

# 決断のとき

*A Time to Keep*

ハリスンは五十五年という人生のうち、二十五年を文学部で過ごしてきた。そのうち二十二年はやもめ暮らしだった。彼についてほかに何か知っているという人間はいそうもない。というのも、彼には自分に関する話題をそらす傾向があったからだ。何かを隠すのではなく、話せるようなことがこれまで何もなかったという風にである。

大学を離れると、まるで制服をぬいだ警官さながらに、仲間の教授連にちらっと認めてもらえる程度で、学生たちには決して気づかれることはなかった。意識下では彼も漠然とおのれの重要性のなさに気づいており、一度は学内の賭博行為を調査する委員会に志願して、自分自身に挑戦しようとしたこともあった。だが、苦心の調査報告が、最初こそ机のめだつところに数週間おかれていたものの、ついで近づきやすいが少し地味な本棚にうつされ、やがてファイルにとじこまれ、最後にはお呼びもかからず読まれもしないで燃やされていってからというものは、二度とそんな気を起こさなかった。

彼がすわって試験を採点していると、ドアが軽くノックされた。二度くり返されたのち、ミス・フレイザーの親しみやすい顔がドアごしにのぞきこんだ。「橋のむこうまで車でいっしょに行きます？　雨ですわ」

まるで悪い事でもしていたかのように、彼はさっと顔をあげた。

「そいつはどうも。もう帰るのかい？」

「十五分かそのくらいで。急がれることはないですわ」彼女はドアの上にかかっている時計と自分の腕時計の時間をあわせてからつけ加えた。「わたし、学部ラウンジにいますから」

彼は採点のおわった用紙をひとまとめにしてとめ、それらを本といっしょにブリーフケースの中へとすべりこませた。四時二十五分だ。雨が不規則な突風とともに荒々しく窓にうちつけてくる。彼は数秒のあいだすわってそれを眺めながら、ミス・フレイザーが天気の悪いときはいつも自分の事を気づかってくれるのをありがたく思っていた。他のだれもそんな事をしてくれたことはない。

窓のブラインドをとじ、壁のスイッチをひねった。十月初旬の夕闇の中に、ドアの明りとり窓から伸びてくるひとすじの長方形の光によって、その小さな部屋は深い影につつまれるのを妨げられていた。ハリスンは把っ手をつかみ、ドアをあけた……

……彼は吹きつける雨に向って歩いていた。頭を低くさげ、帽子の縁でその猛襲をなんとか受けとめようと努力する。車も通らず灯りもない橋は前方に果てしなく伸びているようで、対岸の家にゆらめく灯りだけが橋に終りのあることを示していた。冷たい雨が靴をひたし、ズボンは漏れてじっとりと脚にへばりつく。凍りつくような水が上着からシャツにしみ込み、身体にぴったりはりついたので胸がちぢみあがった。身体の奥底から震えがくるように感じて彼は歩幅をひろげた。足が靴をぬらしてくる汚ない水たまりにパシャパシャと跳ねをあげる。眼を再び上げると灯りは相変らず遠くにあるようだったので、彼は驚いて少しばかりぞくっとした。いまでは、先ほどからの激しい運動ペースによって温かい力強さが腿に感じられ、予想に反して興奮のうずきが全身をかけめぐるのを感じた。思いきって顔をあげ、雨が氷の針となって計《はか》れないほどすばやく顔面につき刺さってくるのにまかせる。いい気持ちだ。そこで、それからは猛烈な雨の中を顔をあげたまま歩いていった。対岸の家の灯りは風が引くにつれ輝きを増してくるが、すぐに新たな雨のカーテンがもういちどそれを覆いかくし、色あせた亡霊のような姿に見せかけた。距離は縮まったように見えない。ハリスンは無分別に顔を雨に打たせながら、しっかりとした足どりで歩いていった。

前方で恐怖と苦痛にみちた叫びがきこえ、明りのない薄闇に何かが眼に入ってきた。やがて姿が浮かびあがる。十代の若者が二人と、年かさの男が一人。片方の若者は身長が六フィート近くあり、学生フットボール・チームに入っているかのようだ。彼は年かさの男をはがい締めにしてにやにやしていた。ハリスンはその不釣合に優しげな笑いから眼をそらして、もう一人を見やった。男を抱えている相棒より背が低くて軽そうなそいつは、男のポケットを急いでくまなく探していた。しかし、とるにたらぬものしかないらしいとなると、そいつは悪意にみちたかん高い声で毒づきはじめ、右手でカモの苦痛に歪む顔を何度も何度も殴りだした。男はうめき、ぐったりとなり、腕は背の高いがっちりした若者の両手の下にたれさがった。彼が離すと男はゆっくりとコンクリートの上に崩れおちた。水が男の腕のまわりを渦巻いて、頭の付近に赤さび色の渦をつくり、その身体によってせきとめられる。二人は振り向くとハリスンをみつめた。背の高いほうはまだにやにやし続けている。その顔つきは至福の喜びを見出した天使のようだつた。ハリスンはぐるっと身体を回してかけだした。ドアがあった……

彼はドアを後ろ手にピシャリとしめ、それによりかかって息をついた。身体の向きをかえ、目まいがする中をまばたきする。廊下の天井の螢光灯が冴え冴えとした光を発していた。着ているものは乾いていたが身体はまだ震えており、心臓は耳の中で雷のように鳴りながら全身を揺さぶっている。本能的に彼は腕時計をみた。四時二十七分だ。彼は、ミス・フレイザーの車で家に帰った。

いかにも彼らしく帰るとすぐさま医者に予約をとり、その恐るべき幻影を翌週のあいだはずっと、磨かれずに光沢を失ってしまった他の記憶のかげにおしやろうと努力していた。

二度目はクリスマスの休暇中に起った。雪は、ちょっと見ると柔い綿毛のようにいたるところにつもっており、街路や歩道がきれいに掃かれた上にはきらきら光る氷が張っていた。送電線は重みで撓《たわ》んでおり、半インチほどの半透明なチューブに包まれている。木は枝々を地面につけ、夜の闇の中で重みに耐えかねた枝の裂ける音がライフルの発射音のように響いて、神経にさわることがよくあった。長いつららが青白い魔女のような指をあらゆる窓さきにのばし、ひさしの隅々ではそれらが集って悪意にみちた房を形づくっていた。ハリスンはすわって書斎の窓を見ていた。霜がガラス板に映し出した妖精国の溶けた部分から、外がのぞける。橋の向うに大学の建物の屋根が見えたが、それは煙突から立ち昇る煙のリボンによって、まるでどんよりした空から吊りさげられているように見えた。彼は休暇など早く終ってほしかったのだが、まだ始ってもいないという有様だった。

一時間ばかり閉じた本をひざにおいてじっとすわっていたハリスンだが、もう一度視線を窓のほうに向けた。霜が溶けていた窓の小さな場所は再び霜が覆っている。彼は手を一分ほどおしあててまたのぞきこんだ。太陽光線は形も色もない雲によって、どことも知れぬところに拡散させられ、その光は非現実的な輝きを帯びていた。

そういえば前期の試験を採点しなければならない。それに、数冊の本が包みの中にまだしまっておかれていたし、彼自身の図書カタログが未完成でもある。何かのしかかってくる不安を感じたが、要は腹がすいているせいだと一人ぎめした。部屋を掃除したり料理をつくってくれたりする女が凍った道のせいでやってこれないので、自分で何か調理しなければならない。ほっとした気持ちと同時に、忙しく立ちまわる必要を感じた。彼は廊下を抜けて台所へ行こうとし、ドアを開けた……


……川の土手はゆるやかに下っていた。とは言っても氷がたっぷりと張ってあぶなっかしい。彼は歩くために足をあげるというより、数インチずつ滑らせるようにして注意深くじりじりと進んだ。前のほうで喚声がきこえたので驚いて顔をあげた。今日はスケートをしているらしい。スカーフをなびかせ、目出し帽をかぶった小さな点のような姿が、自由に滑り突進するのを眺めると、心がなごんできた。

子供たちは十二人いた。数えてみたがちょうど十二人で、ふざけて笑い叫んでいる。全員かなりの腕前で、氷を見て寄ってくる大ていの連中などとは比べものにならず、まるで氷上サーカスの練習をしているみたいだった。彼は注意ぶかく少し進んだ。

「あそこだよ！」ちび助どもの一人が興奮して叫んだ。たちまち全員がまっしぐらに彼のほうに向って近づいてきた。仰天したハリスンは、自分の見落しただれかがいるのかもしれないと思って後ろを向いたが、どうやら自分が目標となっているのはまちがいないようだった。取り巻かれた彼にスケート靴がさし出される。

「だれか人ちがいをしてるんだろう？」そう言いかけたが、彼らは聞く耳をもたないようだ。

「はいてよ。さあ、はいて！」彼らは手をたたきながら、声を合わせる。

「スケートはできないんだ」ハリスンは抗議しつつ後ろへ下ろうとした。

「どうしてそうだとわかるの？」べつの声がおもしろそうに訊いた。

ぐるりと振り向くと、金髪で無帽の少女と顔をつき合わせることになった。寒いせいか両の頬ぺたがポッンと赤くなっている。瞳はまっ青に輝いていた。「どうしてわかるの？」彼女はくり返した。

「やった事がないんだ」ハリスンは素っ気なく答えた。

「そう。つまり、本当に知らないのね」彼女は納得顔になってから、「それをはいてごらんなさい」と告げた。

スケート靴をはくのに何本もの手が一所懸命くりだされたのち、ようやく彼は少女と手に手をとって滑りはじめた。彼らは川のまん中へと進み、そこで子供たちが二人のまわりに円を描く。

みんな身体にぴったりと合った活発そうな半ズボンをはき、みたこともないほど鮮かな色のハイネック・セーターを着ていた。その赤や黄やブルーの各色を見ていると目が痛くなるほどだ。少女も同じく、金切声で叫んでいるようなオレンジ色のスラックスと、瞳ほどには澄んでいないもののやはり色鮮かな忘れな草色の青いセーターを着ていた。彼はつかのま、もはや教壇に立っても時代遅れのぶかぶかズボンや、ひじの片方が破れている灰色の縮んだセーターなどが気になった。しかし、少女の深く輝いている瞳をみると、そんなことは忘れてしまった。ほのぼのとしていきいきした気分だけが残っている。

「だれだい、きみは?」

「ガブリエル。さあ、あの子たちをリードしなくちゃ」

「どうして?」

「みんな待ってるのよ。こんな具合に」

少女は彼をリードし、二人は氷に縞をつけながらスピードをどんどん上げていった。子供たちはその後ろのほうから目に見えぬコードでつながれでもしているかのように、うねりながら列をなしてついてくる。そして、ガブリエルは片方のスケートで旋回すると彼のほうを向き両手をあずけた。「あなた、本当に上手だわ」

「きみとこの子たちはどこから来たんだい? この辺では見かけたことがないが」

彼女は笑いだし、そのせいで額付近の髪がゆれて顔をしばらくかくした。

「あの子たちをちょっと離しすぎたわ。戻りましょう」

「ようぜ」

彼女はもういちど笑って、彼が反転する間もなく離れて滑っていった。子供たちは遠くに白く光る氷の上で、輝く点となっている。彼はガブリエルに追いつこうとしたが、だんだん息がきれてきた。

「待ってくれ！　ぼくの家へ来ないか。暖かいココアもできるし、そのちょっと向うなんだ」

彼女は肩ごしににっこりとうなずいた。子供たちはもう人形くらいの大きさに近づいており、顔形が再びはっきりわかるまでになった。彼が手をふると全員がふり返してくる。声は離れていてききとりにくかったが、歌うように調子が揃っている。

ハリスンも歌っていた。スピードに乗って氷の上をいくと、脚から力のうねりが伝わってくる。解放感、清澄感、力強さ、それにこんなにうまく滑れるとは！　前にいたガブリエルは子供たちと会って、こちらへいっしょに近づいてくるところだった。一行のスケートの鋼が燦《きらめ》き、眼をおとした彼は自分のスケートの刃が氷を切るのをみつめた。その瞬間、心が凍りついた。氷に裂け目ができ、それは見ているうちにもどんどん拡がって、下方の黒い急流が眼に入ってきたのだ。あわてて左に避けた彼は、薄い黝《くろず》んだ線が川を音もなく魔法のようにわけていくのをただ眺めていた。

「ガブリエル、離れろ、離れるんだ！」彼は狂ったように叫んだが、子供たちは相変らず歌いながら手をふっている。聞えていないのは明らかだ。見るまに拡がっていく裂け目を指で示しているのに、彼らはまだ笑っていた。もう頬ぺたに五十セント玉くらいの赤味がさし、目の色や歯の白さがわかるほどまでに近づいている。

「来ちゃだめだ、離れろ！」彼は何度も叫びながら土手をめざして走った。いくども滑って転ぶ。いまや裂け目は凍りついた稲妻のようにさまざまな方向へと伸び、川の上下流にと奇妙な模様を描いていた。

ガブリエルたちは滑ってくる。その向うでは、氷の固まりがひっくり返って急流の中に消えていった。氷はつぎつぎと静かにのみこまれていったが、一行はまだ彼のほうへ向ってくる。ついに裂け目が彼らの氷にも走り、一人また一人と子供たちがバラバラになるのをハリスンは恐怖にかられてみつめた。彼はそのときまた転倒し、必死に土手の草をつかもうと手をのばした。ようやく振りかえると、ガブリエルはまだ裂け目の向う側につっ立っていた。彼女の眼差しは拡がる裂け目に注がれてから、すぐ彼にすえられた。彼を待っているようだった。子供たちも初めて何が起っているのかに気づき、恐怖にうたれた顔をハリスンに向けた。彼はただみつめ返すだけだ。言葉はのどの奥で死んだ。

ガブリエルはスケート靴をぬいで裸足となり、大きく口をあけている氷の裂け目の上をすばやく跳びまわって、子供たちを自分のそばに集めた。やがて彼らはいっしょに最後の裂け目を跳びこえて反対側の土手に立った。もう彼のほうを振りかえりもしない。

ハリスンは叫んだ。「ガブリエル！」彼らは手をつないで小さくなっていき、たちまち見えなくなった。彼は走った、土手にそって走り、途中でスケート靴を落したが忘れてしまった。川を何とかして渡らねばならない。足音は凍った土手の上でうつろに響く。走り、つまずき、また起きあがっては走った。ついに息が続かなくなり、肺がどうしようもなくむせて、彼は倒れてあえぎながらじっと横たわっていた。時間は存在せず、何秒か何時間かわからぬのち、身体を起して膝をつき、まわりを急いで見回した。灯りが見えたので彼はそれに向って這っていった。つるつるの地面に爪をたて、空中に指をのばす。まさぐっているうちに把っ手が見つかり、彼はほとんど無意識となってドアの内側へと倒れこんだ……

彼は台所へころがりこみ、赤い格子縞のクッションがついている白いエナメル椅子にくずれ落ちた。後ろでドアが前後にきしみながら揺れていたが、ついにはゆっくりと止った。彼はテーブルの上に手をついて狂ったようにあたりを見回した。息は断続的なあえぎとなって洩れ、いまにも心臓が爆発するのではないかと思えるほどだ。まだ片頬にそって、あるいは両手両足、そして身体中と、氷の上に倒れたときの冷たい隆起のような感触が残っていた。

「どうなってるんだ、いったい」彼はつぶやいた。「神様、いったいどうなっているんですか?」彼は息をつきながら繰り返し、記憶を払いのけるように両手で顔をつかんだ。

大学が再び始まる前日、彼はもういちど大して効果のない治療をグラストン医師にしてもらった。やがて、等級づけのため期末試験が始まる。お別れの言葉がこれといって特徴のない学生たちのクラスでも交わされた。来学期《セメスター》(一年二学期制)のプランのため、教授会もまた予定されていたが、最近の彼はこうしたすべての会合に出席するようになっていた。ミス・フレイザーの車に同乗するようにというおきまりの申し出も喜んで受け、さらに彼女のアパートで夕食をご馳走になることまで約束したのだ。

当日、彼は自分でもそこにいることに驚き、またそこにいて楽しんでいることにさらに驚いた。食事は美味かったし、ミス・フレイザーは人の気をそらせない。彼女は四十近くで、高価な服を着ており、グラマーというよりむしろがっちりした体つきというほうが似つかわしかった。髪には白髪がまじっていたが、それを少女のように耳のあたりでカールさせていた。大学ではまだ新入りの方で、ほうぼうを旅行したらしくその経験を魅力的に語った。ハリスンは来てよかったと思った。彼女は、ハリスンには孤独をなぐさめるためにやさしい友だちが必要だというグラストン医師の意見にぴったりの女性ではないか。時計が九時半をつげたとき、彼は信じられない気持ちでそれをみつめた。

彼女はハリスンが暇《いとま》をつげようとしているのに気づいたにちがいない。活発に立ち上って言った。「どう、おもしろくありませんでした？　新学期が始まってもまたいらして下さいな。こんどはチェスをしましょう」

そのときにハリスンはミス・フレイザーを〝見そめ〟た。一月の終わりに再び夕食をともにし、真夜中近くまでチェスを戦わせた。彼女が戸口で「来週もね？」と言ったとき、うなずくのが当然に思えた。彼がそうしむけたのではない。たまたまそうなったのだ。どこかに赴き、だれかと話すのは楽しいことだ。グラストン医師はまったく正しかったのだ。以前よりもよく眠れるようになったし、このところ拷問のように眠りを脅してきたおぞましい悪夢にもわずらわされることはない。

木曜日だった。皿は流しにつみあげられており、用意されたチェス盤の上ではゲームがほとんど詰みに入っていた。ミス・フレイザーの番だ。彼女は椅子にもたれて、じっと盤上に目を注ぎ、片手はシガレット・ライターにのばしていた。何度も火をつけようとしたのち、彼女はそれをもとに戻した。

「マッチをとってきて下さらない。二番目の棚、右側の」

彼はほくそ笑んでいた。まだ気づいていないようだ。つぎに予定しているナイトの両がかりを阻止しようとしていない。彼はドアをあけて台所に入った……

……彼は不吉な前兆を感じて戸口でぐずぐずしていたが、やがて不安気にアパートを出た。街角は人気もなく、ときたま風が枯枝で頭上に天蓋をつくっている樹々の上をヒューヒューとすぎるだけだった。彼はまた立ちどまっていた。ためらいのもととなるものをつきとめられない。街路を歩きはじめたときも、彼は理由もなく用心深かった。物事がうまくいっていない気持ちが続いている。原始的な恐怖感に近いものがわき上り、それが意識を緊張させているのだ。街路を横ぎろうと歩道の縁石から踏みだしたとき、それは起った。ひき返すことも渡りきることもできぬうちに、叫びたてる男女の群れに巻きこまれ、のみこまれたのだ。

何本もの手で突かれ、身体が押しつけられた。何とかして群集の力に抵抗しようとしたが、漂う木の葉が流れの一部となってしまうと逃れられないように、ただ運ばれていくだけだった。呪い、叫び、支離滅裂に猛り狂う狂人たち。そして、彼もその一部となった。野蛮な興奮が身体にみなぎり、かたわらで押してくる男の肩を拳でなぐった。男はふりむいて彼の顔をみつめたが、その眼はうつろで催眠状態で動いているようだ。いきなり男は口の両端からよだれを少ししたたらせながら吼えだした。「やっちまえ、やっちまえ！」

ハリスンはあわてて後退したがこんどは棒をもった小柄な女性にわき腹をつつかれた。彼女の眼も叫びつづける口とは対照的にとろんとしていた。しかし、その姿はやがて渦巻く多くの身体の中へと消えてしまった。とにかく、ハリスンはいまや横向きに歩道のほうへと押しやられており、その眼前を恐るべきことに、うつろな表情――上半分は静かな、穏和といってもよい空虚な顔――と、反対に訳のわからぬ金切声をとばす下品な口とが通過していった。彼もまた、いっしょに入れてくれと懇願しつつ、暗い表情で彼らとともに漂っていった。

どうやらだれかが圧死していたようだ。彼はそれにつまずき、必死にだれかの腕にすがってバランスを取ろうとした。警官が来て散会させようとしているらしい。彼らは道いっぱいに広がり、歩道や人家の前庭にあふれだした。しかし、そうするうちに彼らはまたも集まり、たちまち以前より行進にスピードと力が加わった。声は耐えられぬくらい騒々しい。ハリスンは息もつけなかった。なんとか群集の横側に脱けだそうとしたが、そのたびに突き、押しなどの打撲傷をうける。彼はこのロボットたちの、長く意味もなくつづく流れの端を見届けようとしたがムダだった。いままでは群集は走っているといってもよく、彼もそうしなければ足下で踏みつぶされる運命にあった。倒れてもだれも止ってくれやしないだろう。彼は連中を憎み、また恐れた。どんなに速く走っても、彼は群集の一部に変りはないだろうし、けっして彼らをひき離して走り去るというまねはできないだろう。

急に彼らは止った。前もって速度を落とすとか、ぎくしゃくすることもなく、まるで一つの部分のように整然と。ハリスンだけが気づかずに、慣性によって数ヤード列の前に運ばれた。群集は不気味に、信じられないほど静かにおさまりかえっている。彼は右をぐるっと向き、舗装していない横丁が暗がりのなかで手招きするように開いているのを見た。そしてマネキンのように、動きも表情もなく静まりかえっている肉体の山を再びながめわたす。だれかが全体のスイッチでも切ったのだろうか？　何か新たな指令を待っているのかもしれない。どこにも理解の色、いや意識の気配さえ見られなかった。ゆっくりと彼は自分の逃亡を待っている横丁のほうへとにじりよった。彼らは見ていない。が、その頭がほんのわずかずつ彼の進む方向を追う。冷たい恐怖の感触がハリスンを捕え、腸をつかみ、胃を痙攣させて押しあげる。彼は後ずさりをしながら、恐怖に失神しそうになった。ついに神経が耐えきれなくなり、鋭い叫びをあげながら横丁の暗闇にむかって狂ったように駆けだした。彼にはそのとたん、群集が催眠術のような状態から解放されたのがわかった。いまや獲物は彼なのだ。もつれる足で必死に走る。そして、ドアに頭からとびこんだ……

彼はひざをつき、肩で息をしながら瑞いでいた。やがて、ミス・フレイザーの手によってカラーがゆるめられ、ベルトがとかれるのに気がつく。逃げだせたのだ！　ほっとして彼は眼を開いた。

「大きく息をして」ミス・フレイザーはきっぱりと言った。彼女は彼をひきずっていき、何とか壁にもたれかかるようにしたが、まだぼんやりとしている彼はようやくそれによって支えられている始末だ。「何か飲むものをあげるわ」彼女が言った。

飲みなれないウイスキーで身体が火照ったが恐怖は消えさり、あとには混乱と自己嫌悪による困惑感だけが残った。彼は恥かしくでできるだけミス・フレイザーにはかまってほしくなかった。そして起きあがろうとしたが、有能な彼女は両手で彼をひき留め、壁を背にもたれているようにした。

「しばらくそこにじっとしていなさい」彼女は指示し、ひとときじっとみつめていたかと思うと、ふり返ってカウンターからグラスと壜をつかんだ。「わたしのほうがこれを欲しいくらいよ」

「驚かせてしまって悪かった」彼はつぶやいた。「でも、もういいよ。つまずいたんだ」

「そう、あなたはつまずいたのね」彼女はすげなく同意する。「で、あなたの心臓はひとりでに競争することにしたのね？　息もつけないくらいによ！　何が起ったっていうの？」

「つまずいたんだ」かたくなに彼はくり返し、唇をへの字にしてつけ加えた。「でも、いまは自分が馬鹿みたいだと思っている」まただ！　彼は絶望的な気もちで自分に叫んだ。どうしてなんだ？

ミス・フレイザーは数歩後ろにさがった。彼がひとりで起きあがるのを彼女はびっくりしたように眺めていた。「ハリスン、前にもそんなことがあったの？」

彼はうなずいた。「でも、それはぼくの心臓のせいじゃない。グラストン医師に完全なチェックをしてもらった。ぼくの心臓は完全らしい」彼は一瞬カッとなって身体が震えた。それから、どうしようもないというように彼女を見返す。「ぼくがおかしくなってるように見えるかい。気が狂ってるように？」

「馬鹿なこといわないで！　あなたの倒れた原因はいくらだってあるわよ。血圧とか、内耳炎だとか……」

「医者はみんな検査したんだ」彼は乱暴にさえぎった。「生物学的には、ぼくは優秀な状態なんだ。体はくぐり抜けられる。だけど、時間がちっともたっていないのは」彼は自暴自棄になって叫んだ。「ぼくはドアを通ってどこかよその場所へいく。そして、戻ってくる。だが、そのあいだ時間はちっともたってないんだ！」

ミス・フレイザーは顔をしかめて、一瞬テーブルの上を見たが、すぐに眼をあげてハリスンをみつめるとゆっくりと語りだした。

「何を言ってるのかよくわからないけど、ハリスン、でも信じて。他の人と同じように、わたしはいちどもあなたが頭がおかしいと思ったことはないわ。さあ、じっとすわってらっしゃい。コーヒーを入れるわ。それから、話しあいましょう」

はじめはためらいがちに言葉にかなりつまりながら、彼はそれが起ったときのことを最初から告げだした。やがて、彼女が笑ったりさえぎったりしないことがわかると、自信をもてたのか、言葉も努力なしにすらすら出るようになり、最後にはこう結論づけた。

「ぼくは覚えてる。凍った雨が肌にしみとおってきたとき、どんなにみじめだったか。左のスケート靴の窮屈さだって。それは靴ずれができるくらいきつかった。それに、後で氷の上に倒れていたときの冷たさも。みんな現実なんだ！　本当に起ったんだ！」

「ウォルター・ミティ（サーバー『虹をつかむ男』の主人公）のもう一つの生活も彼には真実だったのよ」彼女はなだめた。

「でも彼は自分のやりたいことを夢みていた」ハリスンは叫ぶ。「自分自身が英雄だったんだ。ちくしょう、ぼくは、自分だったあいつが憎い。本当に恥かしい。あいつ――つまりぼくは、あの子たちを何とかしてやれたんだ。あの年かさの男も助けてやれた。あの群集だって、説得できたんだ。きみはぼくが臆病者の夢を見ていたと思うかい？」

「ハリスン、ハリスンたら。あなた馬鹿なことを言ってるわ。だれも自分の夢をコントロールなんてできっこないわよ。さあ、いい？　これは一種の夢なの。だから、あなたは逃げたのよ。夢の古典的なパターンだわ」

　弱々しくハリスンは椅子から立ちあがった。疲れ、年老いた気がする。静かに彼は答えた。

「本当に夢なら、ぼくは決して逃げたりしない」

「まだそっちへ行ってはダメ。あなたは本当に大丈夫？」

「大丈夫だ」彼は言った。「今回のことは申し訳ない。つまり……」彼はドアの伸ばされた自分の手をみつめ、動けなくなるのを感じた。憑かれたように彼は把っ手に手をかけたが、再び麻痺したように恐怖が身体中を支配し、ドアを開けることはできなかった。いきなり振りむくと、彼は部屋を横ぎってカウンターに不安定にもたれかかり、その端をしっかりと握った。「ドアを開けられないみたいだ」彼は自分を軽蔑するようにつぶやいた。

「長椅子を拡げて寝られるようにしてあげるわ。ちょうどいいベッドがわりよ。鎮静剤をあげるからぐっすりおやすみなさい。朝になったら、あなたをブレイクスリー先生のところへつれていってあげる」

ハリスンは答えもせず、その場につっ立っていた。彼女は台所へ行った。しばらく眼をしっかり閉じ、また顔をドアのほうに向けてみる。しかし、まだどうしても触わる気にはなれなかった。抑えようとしても身体の奥から恐慌状態となり、先祖返り的な耐えられぬ恐怖に縮みあがって、ドアから遠ざかりたい。ドアを放っておかなければ、意識を失うか、金切り声をあげてしまうだろうとわかっていた。

彼はなじみのない部屋に横たわり、眠りとめざめのあいだあてもなくさまよっていた。彼女が飲むように命じた二つのピンクの錠剤によって、思考というカミソリの刃が鈍らされてしまったのだ。あの群集は自分の言葉に耳など貸さなかったにちがいない。彼の命令を待っていたなどと考えたりするのは、ひねくれた心のせいなのだ。逃げることは本当の犯罪じゃない。他の人々はいつもどうすべきか知っているみたいだが。たとえば、ミス・フレイザーや昔の妻、あるいは、その二人よりずっと昔の母親のように。彼は母親についてなつかしい回想にふけった。どういうわけか、母親はだんだんガブリエルのようになり、二人の女は合わさって最後にはただ金髪の少女だけが残った。彼女ならどうすべきか知っていたにちがいない。しかし、一つだけちがいがあった。どこ？　彼は心がさだまらないこの昏睡状態の不確かさからめざめようとして、その疑問にしがみついた。なぜガブリエルはちがっていたんだ？　それは重要な問題だった。結局、彼は思い出すことができず、あがきながら眠りの中に沈んだ。

「あら、ダメよ!」ミス・フレイザーは朝食のコーヒーを注ぎながら言った。「けさはブレイクスリー先生に会うと約束したじゃないの。そうしなくちゃ」

「ぼくに心理学者が必要だとまだ思ってるんだな。ちょっと倒れて、どぎまぎしていただけで」

「もうドアをあけられる?」

ハリスンは後ろの台所で開いているドアを見て、かぶりをふった。彼女があけ放したのだ。

ミス・フレイザーは朝食のあいだ中、にこやかに話しつづけ、それはブレイクスリー医師が週に朝二回講義する大学へ行く車の中でもつづいた。ハリスンが耳を傾けていないのを充分承知しているらしく、そのおしゃべりに無理にひきずりこもうとはしなかった。何かがあったんだ、と彼は考えていた。もう少しでつかみそうになって逃してしまった何かが。

ミス・フレイザーは車を止め、自然科学の建物へと彼を導いた。彼女がつぎつぎとドアを開け、彼はおとなしく従った。朝からずっとハリスンにドアをあけるチャンスを与えない。ガブリエルならきっと与えてくれただろうと彼は確信した。そうだ、他の人々とはちがって、ガブリエルはまず彼に行動する機会を与えてくれた。彼は失敗したが。しかし、ガブリエルにしても彼が行動するだろうと確信はなかったはずだ。ハリスンがミス・フレイザーを脇にどけ、ブレイクスリー医師のドアをあけたとき、彼女が驚きのつぶやきを洩らすのを、彼ははっきりと耳にした……

……部屋には十一人の男がいて、その多くはコーヒーを飲んでいた。タバコの煙が充満しているのと、一つの場所に長いあいだ多くの人間がいたせいで空気がこもっていた。ハリスンはつとめて冷静に前方をみつめ、耳から数インチしかないところから伝わる鼻声など聞かないふりをした。

「彼がそれをしたのは知ってるだろう、ハリスン。そうした証拠はすべてある。きみはそれ以上なにが必要なんだね？」

彼はめだつことなくそっとすわった。陪審長は彼に非難の指をつきつけようと、テーブルの上にかぶさった。「もし罪を免れたら、彼はまたそれをやり続けるだろう。きみもそれは知ってるはずだぞ！」

「彼は有罪でないかもしれない」ハリスンはかたくなに言った。

「あいつが有罪だということは、だれでも知ってる」「あいつはそれを否定しなかった！」「もし有罪でないなら、どうしてこんなところにいるんだ！」

ハリスンは身体を這いあがってくるしびれを感じた。そのとき心に不釣合にも浮んだのは、眠りたいということだった。そこで頭を抱えこむことで、あたかもそれについて考えているようなふりをした。声はなおも説得調でつづいた。

「判決は寛大なものになるさ、ハリスン。きみが彼に死刑や何かを言い渡すようなことにはならないだろう」

「でも、彼は死ぬんだ」ハリスンはつぶやいた。

「われわれだって皆な死ぬ」一人ががまんできないというふうに告げた。

「たとえそれをしなかったとしても、彼はそうなることを望んだのだ。同じように悪いことは変りがない」

「そうだ、それはしたのと同様悪いことだ」だれかが厳粛な声で言った。その意見はとりあげられ、何度もくり返された。

「われわれには彼がやったとはわからない。わからないんだ！」ハリスンは絶望的に抗議した。

「ハリスン、われわれは皆な彼が有罪だということに意見が一致したんだ。きみもわれわれに賛成するだろう？」

「ぼくには決断できない」

「きみは生涯でなにか決断したことがあるのかね？」べつの声が訊いた。

ハリスンはその話し手を見あげた。グラストン医師だ。

「すまなかったな、ハリスン」彼は言った。「わたしはこの事実をきみに言わねばならなかったんだ。きみの心臓のほうに悪いところはないよ。すまんな」

「いいさ」ハリスンは答えた。なぜこの男はそんなことを言うんだ？　医者のセリフにしては差しでがましい。

「いいかい、本当にきみは決心しないといけない。もうすぐわれわれは呼びもどされるだろうし」

グラストン医師はやさしく言って、自分の席にもどった。

ハリスンは唇をなめ、陪審長と視線を交わした。無言で彼はうなずいただけだった。ギリシャ劇の合唱団のようなざわめきが承認を意味していた。一行はぎこちなく法廷へ縦隊となって戻っていったが、その再登場がもたらした貪欲な好奇の眼差しに、全員少なからず困惑した。ハリスンは座席の前に立った。全員が出席したとみるや、彼らは一斉に着席した。

被告だけが、まるで戻ってきた連中に一向気づいていないという風情で、彼らから顔をそむけてすわった。判事がせき払いをする。

被告人が立ち、彼らに向きあったが、ハリスンは労働者風の男のもしゃもしゃ髪に視線をくぎづけにしていた。その有罪の男の苦痛にみちた顔を見る気になれなかったのだ。判決が読みあげられ、大きなどよめきが傍聴席から起った。判事の木鎚が秩序を要求してその上に響きわたった。徐々に騒ぎはおさまった。ハリスンの左の男は小さく口笛を吹いた。

「やつはおれたちの宣告を待ってるぜ」その男は知っているといわんばかりだった。

「宣告?」

「ああ、おれたち一人ずつ順番に、それを言ってもらいたがってるんだ」

ハリスンはのみ込んだかたまりが胃に戻るのを感じた。そばの男はわかってるぞとばかりに、にやっと笑った。

「大してかからん」わけしり顔に男は言った。「それがすめば、あんたもトイレにかけこめるぜ」

彼らはおし黙った。最初に陪審長がはっきりと「有罪」を繰り返し、つぎもまたつぎも同じ事を述べていく。ハリスンの隣りの男が立ちあがったとき、顔をそむけたままだった被告人が明りのほうへ歩み寄りはじめた。「有罪」とその男はすばやく言って席に着いた。ハリスンは椅子が凍りつくように感じた。判事が不服げに彼に向って顔をしかめても、ちょっと動いただけだった。

両側の男が彼をつつき、脇のどこからか「もうこれ以上遅らせないほうがいい」という声がきこえた。

彼は体をゆらして立ちあがり、相手の男の眼をのぞきこんだ。知りすぎているほど知っている顔を。表情はうつろで感情に欠け、生きながら死んでしまっているようだ。彼の顔。

ハリスンは金切り声をあげて陪審席からとびおり、だれも何が起ったかわからないうちに後方の二重扉を開けて、法廷から全速力で逃げだした。まるで地獄の全悪魔に追いかけられたような走りかただった。だが、とり巻いているのは沈黙の虚空だけ、だれも追いかけては来ない。街は荒涼としていた。犬一匹、彼の逃走には吠えなかった。彼は街角までつっ走り、街路を横切ったが、ずっと向うまで何も動いている様子はなかった。

ちっとも公平じゃない、彼はすすり泣いた。自分に決断をさせるなんて、ちっとも公平じゃない。やりかたがまちがっている。彼は悪い男じゃない。有罪なんかじゃない！　しかし果して潔白といえるだろうか？　でも、だれも判断できないだろう。公平じゃない。どうしてだれかが来て、自分をやめさせなかったんだ。もし試すだけなら、途中でやめさせられたはずだ。彼は自分をそばの建物からひき離したが、足どりがふらつき、ぼんやりと旋回して再びそれにぶつかった。逃げつづけないといけない。

歩道は終っていた。彼は前の壁につっこみ、ひざから崩れおちた。必死に立ちあがろうとしたがしゃがんだまま半分立っただけで、苦痛のあまりかがみこんだ姿勢となった。指は何かをつかもうと盲滅法にさまよった。ようやく手がかりを探りあて、それをしっかりと握って立ちあがった。そして、呼吸がもとにもどるのを待った。

それはドアの把っ手だった。回すとドアはゆれて開きかけた。これを通れば、もとの世界に戻ることができるだろう。ミス・フレイザーと医者に注意してもらうこともできるだろう――円環は閉じられるのだ。ハリスンは後に残してきた彼によく似た男のことを考えた。だが、あの男は中身もなく、それにとても、とても有罪なのだ。しかし、そのときようやく彼はその罪の極悪なことを知った。在在している事ではない。それは偶然にすぎない。そうではなくて、存在の仕方、つまり、通過のしるしを何も残さず、しばらくとまどい、やがて通りすぎる非物質的な影以上の何ものでもなかったという罪。必要とされる一人の個人、あるいは妻とその生まれなかった子供たち、さらに本質としての人間性。それらすべてについて、彼はすでに敗れさっていたのだ。そして、いまや最後の審判、窮極の決定、たいていの人間が道すがらどこかで認識している機会、だがいままで知っていながら決して直面しなかったものに、いま遭遇した。

慎重に彼は足の向きをもとに戻し、戸口からひきさがった。連中は決して追ってはこないだろう。選択を強いられるのは、全然選択していないことなのだ。彼らは知っていたのだ。彼は空っぽの街を見た。たどってきた道をひき返すのには、前よりかなり時間がかかるだろう。しかし、彼は歩きだし、そうしながら心のうちに平安を感じていた。空っぽの街の中を背をしゃんとのばした男が歩いていった……

オフィスの内側では入口のドアが押されたので医者が立ちあがった。彼にはミス・フレイザーの後ろでごそごそしているらしい男が見えなかったが、ハリスンだろうと推測した。彼は、ドアを開けることが神経症のひき金となるという症例を見ようと待っていたのだ。男が眼前の床に眠りこけてしまうのを見るためではなかった——が、近寄ると、その男の顔には見誤りようのない死の刻印がすでにおされていた。

（訳・安田均）

# アンドーヴァーとアンドロイド

*Andover and the Android*

「ロジャー」弁護士は必死だ。「頼むから何か言ってくれ！　自分のしていることがわからないのか。きみが申し立てをして麻薬分析に同意しない限り、あと裁判官に残された方法は、判決を言いわたすことだけなんだぞ」

ロジャーはぼんやりとすわったまま、一分ほど黙っていた。それから口を開いた。「判決のあとで、またしゃべらされようとするのかな？」

「決まったら、泣こうが叫ぼうがどうにもならん。すぐに〝ロジャー・アンドーヴァー〟は死んでしまうんだ。少しして、きみによく似た男がそこから歩いて出てくるかもしれんが、そいつはきみじゃない。彼はもう誰でもないんだ！」

「無理にしゃべらされることは？」

「それはない。きみが同意しなければ、強制されはしない。だけど、何か言っても、これより事態が悪くなることなどありえないじゃないか」ロジャーが陰気ににやっとしてから口もとをきつくひき締めたので、弁護士はお手あげだと言わんばかりに両手を投げだした。「考え直すまで、あと二時間ある」絶望的な口調だ。「よく頭に入れておいてくれたまえ」

ロジャーは、刑務所が出すにしてはなかなか美味《うま》い昼食を平らげながら考えた。あれはすべて、彼の同僚であるスチュアート・フレンチとその妻エリナーが、ロジャーが独身のために副社長の椅子《いす》から遠ざけられているとたきつけたことにはじまるのだ。

「なあ、二人とも」ロジャーは、強い調子で議論をさえぎりながら言った。「どうしてわたしがそんな行きたくもないディナーに出て、お愛想笑いだけの女とつき合わなくちゃならんのだね。もう、ぶらっと訪ねてくる従姉妹《いとこ》や姪《めい》をことごとく嫁候補者にしたてておしつけようとするマティルダのやりかたには、あきあきして気分が悪いんだ。資産家の夫を探そうとするぬけめない適齢期の女になんか用はない」彼はここでパイプを大きく吸い、その結果息をつまらせて激しくせきこんだ。特にパイプが好きというわけでもなく、ときどき紙巻きにもどそうかと真剣に考えたりもするのだが、あの灰の散らかった臭《くさ》い灰皿のことを思うと、またまたぞっとする。そうとも、全体から考えれば、パイプのほうが威厳があるし清潔だ。

「きみがどうしようと、そいつは勝手さ、ロジャー」スチュアートが口をはさむ。「だけど、副社長になるのなら、結婚しないとね。マティルダは、できたら会社を一族でやっていきたいんだ」

ロジャーはエリナーにしかめ面をした。「どうしてきみたち女性は、独身男にそうも反対するんだろうね。きみはもう結婚してるからいいじゃないか。マティルダだってそうだ。なぜ、ぼくをひとりにしておいてくれないんだい」

エリナーはほほえんで、話題を変えた。

スチュアートは、いっしょに外へ出て車へ歩いていくさい、またそのことをむし返した。「もしぼくがきみなら、結婚をもう少し真剣に考慮するね、ロジャー。いいかい、副社長の選択について実権を握っているのはマティルダなんだ――エヴァンはそいつを認めちゃいないが、事実は動かせないよ――で、彼女は少なくとも絶対に独身男は選ばない。女なら誰でもだろうな。連中はそいつを正常じゃないと思ってるんだ」

ロジャーは運転しながら、唖然とした思いにかられていた。正常じゃない？　ただきちんとした生活が好きというだけなのに？　音楽や本がちょっと好きなだけじゃないか。これまで趣味のあう女性――つまり部屋を変えたいとか、騒々しい子供たちがほしいとか馬鹿なことをせがんで、彼の生活をじゃましないような女性――が見つからなかっただけなのに。彼はただ、世間を追いかけまわし、いつもじゃまだてし、金や子供や休暇、その他彼の思いつくすべてのことを自分流にする、男を操縦したがる女とはいっしょに住めないだけなのだ。くそっ！　そんなことなら一人でいたほうがいい！

ガレージの駐車ラインから一インチと出ず車を停めた彼の顔面は、ほんのりとした赤味を帯びていた。あの言葉がまだ心の中に響いている。「正常じゃない」

ロジャーにとって、部屋が秩序だっていないことより不快なものがあるとしたら、それは世間一般の正常さから逸脱《いつだつ》する行為だった。しかし、結婚がちょっとばかり尋常《じんじょう》でない生活状態だと考えて、どこにおかしな点があるのだろう。そんなことは、女性の特質を考えれば納得《なっとく》のいくはずだ。秘《ひそ》かに決めた独身主義のおかげで、彼は仲間たちよりも合理性という面でじつにぴったりとはまる、幸福な環境を手に入れており、女性たちのたくらみについても、より鋭い洞察力をもてるようになっていた。それが、正常ではないと考えられていたとは！　その考えにはむかついた。

翌日、彼はエヴァンを呼びだし、夜のパーティのことで前に言っていた理由が急になくなったから、もしマティルダの従姉妹のエスコート役がまだ決まっていないのなら、自分がお役に立てるとつげた。そうして、続く何週間かは、気づいてみると数えきれないほどのパーティに出席していた。三十五歳から五十五歳までの女性と果てしなくブリッジをした。彼女たちはすべて、ある一点――独身――で共通していた。彼は自分のための夜がどんどん減り、社会の網がみるみる迫ってくるのを感じながら、必死にそれに抗《あらが》っていた。しかし、ついに未亡人であるアウアパック婦人が彼に対して所有者的な雰囲気を徐々に露《あらわ》にするようになった。お手製のディナーを部屋でいっしょに、と誘われた夜、彼は恐慌状態におちいった。

翌日、彼はニューヨークめざして空の旅をしていた。『アンドロイド株式会社』のオフィスへ直行したのだ。

「カレンさん、景気はいかがです?」強く握手する。

「ああ、まあまあだね。ところで、まだ『EL株式会社』の営業をやってるのかい?」カレンは秘書が渡した名刺にちらっと目をやると、それを机に置いた。「残念だが、きみの会社がこれまで作ってくれていた回路はもうこれ以上いらないよ。いまは電磁テープなんだ。すばらしいものさ」

「いや、それはわかってます。じつはここへ来たのは会社の商売《ビジネス》の話じゃなくって、私的な取引《ビジネス》の話なんですよ。まあ言わば」

「私的なだって?」カレンの眼がきらっと光り、彼は身を乗りだした。

「かなり、かなり私的なことなのです」ロジャーは強調するようにくり返す。

「いいとも」カレンはほっとしたように、うなずいた。「秘書にちょっとじゃましないようにと言おう。それから、何か飲むものでもつくらせようか……」

「いやべつにいい」ロジャーの声はそっけなく、よそよそしいものとなった。「アンドロイドが一体ほしい。あなたならそいつを調達できると思うんだが」

「ほしいったって……そんなことは、よく知ってるはずじゃないか」カレンは内々の冗談だろうとでも言うかのようににやっとし、半ばふざけた口調となった。「〝個人は『アンドロイド』の所有を禁ず〟だぜ」

「多数の『アンドロイド』じゃない。特別な一体だよ。こちらの仕様書にあわせて作られたやつ。そいつを八月の終わりまでに届けてくれ」

「気でも狂ったのか、アンドーヴァー。そんなことをしたら人格矯正《きょうせい》をやられるに決まってる。第一、うまくやりとげられるはずがない。使わにゃならんルートが多すぎる」カレンはゆっくりとしゃべりながらも、その笑《え》みは徐々に疲れた自己防衛的なものに変わっていった。

「『アンドロイド株式会社』との契約がこちらにあることをお忘れなく」ロジャーは楽しげに追憶にふけった。「確か百七十万ドル、だったな?」

「そうだ」と、神経質にカレンが答える。「よく知ってるはずだ。きみが扱ったんだから」

「まあね。そういえば、どこかで『アンドロイド株式会社』が、アンドロイドの電子部品に二百万ドルを払ったと書いであったのを読んだ気もするな。もちろん、こちらの記憶ちがいだと思うが。まあ、『アンドロイド株式会社』の経理を調べれば、はっきりした数字はわかるだろう。

そいつは、宙に浮いたりしてないもんな?」

「何を狙《ねら》ってるんだ?」カレンの声が荒々しくなった。

「三十万ドルさ。ちっぽけなもんだよ。これを水増ししても、即、契約のキャンセルをひき起こすほど大きな額にはならない。だけど、ちょっとしたリスクをしょってはもらえるほどの額だろうね」

「何が欲しい?」カレンはささやく。

「言っただろう。アンドロイドだ。ここに条件がある。年齢二十八、身長五フィート五インチ、体重百二十五ポンド、平均的な知性と容貌《ようぼう》、それから、主婦として行動するさいに起こる、日常の諸般事に完全に対処できる機能をもつこと。そいつを八月の最終週までに間にあわせてほしい。それまでにいちど接触をもって、どこへ届けてもらうかは伝える」彼はちょっと考えてつけ加えた。「ああ、もちろん他にもいろいろとそいつのテープにつけ加えないといけない注文が出てくるだろうけど」

「いかれた奴め!」カレンは信じられないと言うように叫んだ。「不可能だ。いったい、そんな考えをどこから得たんだ。きみが言うとおりの装備など加えたら、数百万ドルもするじゃないか。そんなものが欲しいだって!」

「そんなことを言ったってダメだ、カレン。あんたがそいつを作らせることができるのはわかってる――たとえば、実験用と言ってな。誰にも疑われずに」

「そりゃ、パノウスキーに組み立てさせることはできるかもしれない。だけど、やつは検査のために何度も返すよう言うに決まってる。やつのことだから進みぐあいがうまくいかないと面倒をひき起こすだろうしな……まあ、そういった複雑なものなら、やつも興味を見せるとは思うが」

「では、カレンさん」ロジャーは、すばやく続きを妨った。「非常に愉快でしたよ。きっとあなたなら、いろいろやっていただけるでしょう。こいつは月に一回、いや、一年に一回だってあることじゃありませんよ。ちょっとした好意とひきかえに無税で三十万ドルさし上げるんですから。」

カレンは椅子《いす》に沈みこんだ。口や鼻のまわりに鉛のような色が忍びよる。

何カ月かがじりじりと進んで行った。自分の時間がないことから、彼の音楽収録品は埃《ほこり》をかぶり、絵は放っておかれた。ロジャーはますます八月が恋しくなった。こんなにも多くの独身女がうろつきまわっているとは想像もしなかった。その何カ月かが耐えられたのは、彼が正常ではないという疑いが氷解し、マティルダが再びきげんよくなってくれたことや、八月の終わりには、やむをえず続けているこの馬鹿げた夕べの集いからも永遠におさらばできるという見通しがあったからである。

八月の一日に、彼はヨーロッパへのロケット便に乗り、三週間ばかりをローマの廃墟やパリのルーブル宮、ドイツの大聖堂、それにウィーンでのコンサートといった心おどる体験に費やした。そして、夕方になると、いろいろと書いた。つまり、花嫁の背景に必要なデータをページにつぎつぎと埋めていったのである。彼女についての完全な履歴《りれき》をでっちあげ、海外へ秘かに持ち出した金がうす暗い部屋で手渡された。こうした措置《そち》が終わり、彼女の存在を見事に立証する書類が手元に残る。彼はカレンとの約束のときに間に合うよう急いでロケットでニューヨークへひき返した。妻を手にする準備のために。

「ほら、リディア、マティルダとエヴァンのことはしゃべったことがあるだろう?」

「ええ、何度も。初めまして」それは手をのばして、測ったように見事な間隔で軽い握手をくり返したのち、手を引っ込めた。

「それからエリナーとスチュアートだ」ロジャーはおだやかに紹介を続けたが、こうして完全に機能するアンドロイドを前にすると、最初に感じた不安と恐怖が見事に消えていくのだった。

晩餐《ばんさん》ののち、リディアはコーヒーを注ぎ、コニャックをたらしてから、ステレオのスイッチをひねった。エリナーとマティルダの間に目くばせが交されるのを盗み見た彼は、二人の女が満足しているのを知った。彼の選択した妻を申し分なしと思っているのだろう。ロジャーは悦《えつ》に入った。さて、これで心安らぐ生活に入れ、たぶん副社長の椅子にも手をかけられたはずだ。

人生はたちまちいつもの落ち着いたものとなり、数カ月ぶりに、ロジャーは再び自分の部屋での夜をとり戻した。彼は部屋に入るといつもそれに消えるよう命じたが、朝になるまでその姿を見ることはなかった。朝になると、それがコーヒーとマフィンを作るのを満足気に眺《なが》める。ディナーはこれまで『グルメ・プラン』にいつも注文してとっていた。かなり費用がかかったが、最後の一セントまで充分に値うちがあった。ときたまにだが、彼らはビジネス関係で招待されたり、客を呼んだりしなければならないこともあったが、リディアは夫に仕えるのが無上に嬉しいといった献身的な妻の役をうまく果たした。ロジャーは幸せそのものだった。

三カ月ばかりがすぎさった頃、最初のトラブルがやってきた。カレンから盗聴《とうちょう》防止で個人通話があったのだ。「アンドーヴァー、パノウスキーにあのアンドロイドを造らせねばならなくなった。やつは疑いかけてる。どうしてきみはこちらの手紙に答えてくれなかったんだ？」

「おい、カレン、こちらだって忙しい身だ。あんなにひどい字で書いてきたら、暗号解読係でも雇わないと意味がつかめないじゃないか。で、アンドロイドを造らすとは、どういう意味なんだ？」

「いや、言ったとおりだ。だから、前にそうなるかもしれんと言ってただろう。パノウスキーは最後まで自分でやっていきたいんだ。もしこっちが拒否したら、わたしの頭ごしに直訴《じきそ》するかもしれん」

「仕方ないな」ロジャーは不服そうに言った。「だけどインチキはごめんだぜ。あの……取引きについての証拠書類はこっちにあるからな」

家に帰ったとき、部屋に人気《ひとけ》がなかった。そう、確かに妙なことだが、空虚な雰囲気が漂っていたのである。ディナーをダイヤルして注文したものの、いつもの質の高さと念入りな作りにも気が向かない。これを彼は、ただそれが周囲にいることに慣れてきたからだ、誰だっていつもの椅子や花びんが見なれた位置になければちょっと淋しい気になるものだ、と自分に言いきかせた。

しかし、朝食のさいにそれはもっとひどいものになった。というのは、毎朝すわったとき、食卓に湯気《ゆげ》の立つコーヒーとマフィンのあるのが、彼のこの上もない喜びだったからである。彼はいらいらした気分で部屋を出た。乗りこんだエレベーターは満員だった。中の女性の一人が、どうも彼をじろじろと見ていると思ったら、悪意のこもった声でつげた。「あら、夫婦げんかでしたの、アンドーヴァーさん？　彼女、荷物を持ってったのかしら」

じろっと彼は相手に顔を向け、視線を鼻のちょっと上に固定してやる。彼女は顔をぐるりとそむけてしまった。ひと言も口をきかずに彼はエレベーターから大またに歩き去ったが、そのさい相手の歯をこするようなささやきがはっきりと聞こえた。「奥さんは昨日出ていったわよ、別の男と！」

怒りに蒼白《そうはく》となって、彼は車から秘書を呼び出すと、会社には遅くなるとつげた。一時間とかけず、彼はカレンのオフィスにとんでいった。

相手にきっぱりと言う。「カレン、あれを連れていくのに、部屋まで来ていいとは言わなかったぞ。隣近所が気づいてしゃべられたじゃないか。ゴシップになったりしたらたまらん」

カレンは陰気な顔つきで肩をすくめた。「わたしの立場もわかってくれなくちゃな、アンドーヴァー。パノウスキーには、あれは公共施設用に研究していると言っておいたんだ。だけどあいつは、いつわれわれが生産に入るのかとか、どうやって使うのかとか、なぜ他の誰もそのことを知らないのかなどとうるさく疑問をつきつけてくる。手短に言えば、気にかけだしたのだ。やつは一晩中テストをして、あれを今朝《けさ》返してきた。いまきみに取りに来るよう電話しようと思っていたところだ」

しばらくロジャーは相手を見つめていたが、やがて視線を自分の心に向けた。何とまあ、あのアンドロイドの提供してくれる安心感を自分は求めていたことだろう。パノウスキーをとり除かねばという想いが、何ということもなくわいてきた。しかも、それで頭が一杯になったところを見ると、その思いが長い間心の暗い片隅にひそんでいなかったわけはないのだ。これには、さすがにちょっと衝撃を受けたものの、すぐにそれは消えてゆき、当然必要なのだという思いのみが残った。

「あれがあるのを知ってるのはパノウスキーだけなのか」彼は何げなくきいた。

「ああ、もちろん他にも手助けした連中はいるが、最終製品は見ていない。彼らにとっちゃ、単にまた一つ別の仕事をしたくらいにしか思ってない。だがな、パノウスキーのやつは天才じゃないか！　自分の創造物がどうなるか知りたがったからと言って、そいつを責めるわけにはいかんだろう」

「まったくね」ロジャーは同意した。彼はパノウスキーが気にしているからと言って困っているのではない。その男が存在しているのに困っているのだ！

つづく数週間にこの考えは結晶化していき、ロジャーはパノウスキーという名の脅威《きょうい》を終わらせることができるかもしれないと思うようになった。どう見てもリディアを知っているままにしておくわけにはいかない。こいつは、リディアのようなものが存在すべきでないと考える輩に、何気なくしゃべってしまうかもしれないし、これからもカレンに何度もリディアを生産ラインにのせるよう要求するかもしれない。彼女に変更を加えようとする可能性もある。パノウスキーは彼女の命を掌中《しょうちゅう》にしているのだ。

毎日、日がくれるとロジャーは、すわって音楽に耳を傾けたり、絵を吟味《ぎんみ》したり、貴重な本の一冊をていねいにめくったりするのだが、何度も視線がリディアのすわっている方向へと魅《ひ》きよせられるのを感じた。いまでは彼女のいない生活など考えるのも嫌となり、同じ部屋にいてそばにいる限り、パノウスキーの手もきっと及ぶまいと考えたりした。ロジャーは、彼女に『グルメ・プラン』の会員権を買ってやった。当然彼女の摂《と》った食事は、後になってとりださないといけないのだが、そんな面倒や高い会費さえも、彼女の存在が与えてくれる安心感に比べればささいに思えたのだ。彼女は保護者であり、かくもすばらしい夕べを可能にしてくれる。こうしてリディアにどんどん頼っていく自分をときに軽蔑しながらも、彼はすぐにそれから目をそらし、世界でこれ以上完璧な妻、ガミガミ言うこともなく、これ以上の満足感を与えてくれる妻はいないと、自分に言いきかせ、弁護する始末だった。じっさい、リディアは満足のいくものだった。彼の読む本を議論し、友人でさえめったにしないような彼の感想をくり返してくれる。彼の好む画家の画法を非難するかと思えば、彼が最高だと評価するコンサートでは、彼への賞讃《しょうさん》をこめて微動することもなく、沈黙を見事に守りとおす。

「リディア」ある夜、彼はそっとささやいた。あたかも現実の妻であるかのように語りかけるのが、近頃は普通になっている。「明日ニューヨークへ行って、この件に一挙にかたをつけてしまおう」

「そうですわね、あなた」彼女は言う——いつものように。

実際には、ロジャーが思っていたよりもずっと簡単なことだった。パノウスキーはリディアを見て喜ぶと、ロジャーのいることにはちらっと眉を吊《つ》り上げてみせただけで、すぐにそのアンドロイドの検査にかかった。

「おれがこれまで造った中では最高のできだ。完璧な状況反射機能がくみこまれてる、だろ？　えっと、あんたはカレンの言ってた政府の人だっけな。名前は……悪い、忘れちまった。どうだい、こいつの動きぐあいは？」

こいつ！　リディアのことを、こいつだなんて言いやがって！　ロジャーは怒りをなだめるのに苦労したものの、冷静に言った。

「飲みものを作ってくれ、リディア。キッチンだ」

アンドロイドは優雅な動作でドアへと向かう。パノウスキーの笑みが広がった。「推測能力だ……これまでにない驚異のアンドロイドだな。先輩連はこれでもう操り人形だ」ロジャーをふり返ったパノウスキーには、まだ信じられないというように眼を見開くことはできた。直後に、彼の顔面はハンマーの力でぐちゃっとつぶされた。

ロジャーは静かにキッチンへ入ると、リディアに語った。「いいよ、もう。パノウスキーさんはもう少ししたら客があるのを思い出したそうだ。またべつなときに来よう」

二人は裏口から去った。

翌日、カレンから盗聴防止の通話があった。「アンドーヴァー」あえぎがもれる。「あのアンドロイドを処分しないとだめだ。パノウスキーが殺された！」

ロジャーの声はひどく冷静でよそよそしかった。「酔ってるのか？　アンドロイドって何だ」

カレンの顔はやつれ、眼はひどく落ちくぼんでいる。彼はスクリーンで声をひそめた。「おいおい、あのアンドロイドが捜されるに決まってるんだぞ」

「えらくびくついているな。どうしてアンドロイドが捜されるなんて思うんだ。それも、ここと関係するなんて」

「いいか、アンドーヴァー。当局がパノウスキーの書類を見たら、やつがあれを作ったとわかる。そうなりゃ、数分でそっちまで行くぞ。まだわたしの言ってることがわからんか？　われわれは二人とも矯正所《きょうせいしょ》送りなんだぞ」

ロジャーは椅子にもたれかかると、とり乱した男を冷淡に笑った。「そのことか。まあ、わたしがきみなら、そんな書類は見つかるまいと、悠然としているがな」カレンがあんぐりと口を開くのを見ながら、彼はスイッチを切った。心配することはない。カレンならそういう手抜かりもあるだろう。仕事は済んだのであり、彼はうまく書類を処分していた。

ある意味、一般大衆がアンドロイドを持つのを許されていないのは良く考えぬかれた結果と言えた。これまであまりにも多くのアンドロイドがふらちな行為に使われすぎていたからだ。もちろん、それらはとてもリディアに太刀《たち》うちはできなかった。明らかに性能がちがいすぎる。「リディアは正しいんだ！　何も悪いことなどしていない！」ふと戸口に秘書とスチュアートが立って、じっと見つめているのに気づき、がく然として彼はとび起きた。

「昼飯の約束を忘れてたのかい？」スチュアートは意に介さぬというようにたずねた。

ロジャーは、その妙な叫びを彼らがどうとったのか気にはなった。しかし、スチュアートが説明するようにほのめかしたときも、かたくなに詳細に語るのは拒んだ。

リディアにはじめて機能不全の徴候《ちょうこう》が見られたのは、二人の結婚一周年を祝うパーティの最中だった。いつものように、彼女は自分をとりまく会話の渦に静かに耳を傾けていた。いまでは彼女がかなり無口なこと——隷従的といってもよいくらい——にも誰も注意を払わなくなっており、恥ずかしがり屋の性格に根ざすものだろうと思われていた。

見つけたのはロジャーだった。彼女から長く離れたことのない彼の視線は、その顔をよぎる最初の異常な徴候と、とつぜんの指の屈曲を見とがめた。瞬時と言っていいくらいにそれはすぎさり、彼女はまたもとのリディアにもどって、指を優雅な動作でひざにあてがっている。ロジャーは、何が起こっているのだろうといぶかしんだ。トランジスタか何かが切れたのか？　極微のワイヤが焼き切れたのか？　彼にはとうていどこが悪いのか見当はつきかねたものの、物事はときどきそうなるものだという推測はできた。心配気にリディアを見守る。その結果、彼女に注目させたのも彼だった。

マティルダの鋭い眼が彼のさぐるような視線の先に気づき、リディアをしっかりと見すえた。大きな声。「あら、リディア。どこか悪いの？」

「いや、どこも悪くないさ。たぶん、ちょっと暑いんだ」ロジャーはあわてて口をはさんだ。

リディアはいつもと変わらぬ笑みを浮かべて、言った。「まったく当然だと思いますわ」

ロジャーは自分の微笑がぐっと歪むのを感じながらも、何とかそれを通常に戻した。よりにもよってこんな反応はどこから出たのだろう？　いったい彼女は何を言おうとしていたのか？

マティルダもその答えから何とか意味をつかもうと、困惑した表情を浮かべている。やがて、その顔がぱっと輝いた。「そうなの、リディア、つまり、あなたとロジャーに赤ちゃんができるってこと？」

「ちがいますよ！」ロジャーはリディアをさえぎって強く否定した。だが、リディアは彼のほうを向くと、にっこりしてこう言ったのだ。「いいえ、そうでしょ、あなた？」

まずいぞ、とロジャーは感じた。どこか接触でも悪くなったにちがいない。彼は強くマティルダに誤解を正そうとしたが、とても相手の耳には届かないようだった。

「ロジャー、本当なのね。女にならわかるもの。でも、もうすぐとても隠しておけなくなるわよ」そして、叱《しか》るような調子でつけ加えた。「馬鹿な顔しないで。それだと怒っているみたいじゃないの。もっと楽しそうにしなくっちゃ。リディアをごらんなさい」

リディアをちらつと見たロジャーは、彼女の顔に大きな笑みが広がるのを見て、ショックを受けた。笑っている顔だが——しかし、いつものような笑い声が開こえない。恐怖にかられて彼女の腕をつかむと、彼はあわてて言った。「楽しかったですよ、マティルダ、エヴァン。そろそろ失礼しないと」

「あら、お怒りになったんじゃないんでしょうね、ロジャー」たちまち、マティルダはまじめな顔にもどった。

「もちろん、そんなことはないですよ。ちょっとばかり誤解があったと思うんだけど……リディアにはそんな……つまり、あなたの言ってるようなことじゃないんです！」

彼はようやくリディアを邸《やしき》から連れ出し、自分の家へと連れもどった。ベランダへつづく居間のフランス窓を開け放ち、服を着替えるあいだに飲みものを作るよう命じる。彼が化粧室にいると、急にキッチンで皿の割れる音がしたので、何が起こったのかと駆けこんでみる。リディアが規則正しく、一度に一枚ずつ皿をとり、床に落としているのだ。

「リディア、やめろ！」

彼女は休むことなく、皿また皿と割りつづけていく。

「リディア、命令だ……皿をおけ……」

ガチャン！

ガチャン！

「リディア！」絶望的な口調で彼は叫んだ。「リディア、やめろ！　動くんじゃない！」

だが、彼女はもう皿をとり上げなかった。立ったまま動かずに、片手でべつの皿をつまみ上げる動作をしたまま、途中でやめている。顔には、意味のない、凍りついたような微笑が浮かんだままだ。

ロジャーは額からどっと吹き出る汗をぬぐっていた。彼女が制御不能になったのではないかと考えて恐慌をきたしたのだ。「リディア、さあ向こうの居間へ行きなさい」

彼女は彫像のように動かない。

ロジャーはパニックに陥《おちい》りそうになる自分を仰《おさ》えるために、スコッチをさがしに行った。酒で気が静まれば、いい考えも浮かぶだろう。そう、カレンだ。彼ならわかるにちがいない。ロジャーは居間へ抜けていこうとして途中で立ちどまった。隣家の人間のせんさく好きな眼とかちあう。相手は聞いたベランダ越しにのぞきこんでいた。

「何の用だ」強い調子できく。

「いいえ、何でもありませんわ。何でもね」のろのろした言い方をすると、女はおもしろそうな顔でゆっくりとベランダのドアから身を離した。

ロジャーはきつい調子で女をののしった。朝までには、この建物中に彼とリディアが大げんかをして皿を投げまわったという噂が広まるだろう。かまうもんか！　彼はドアを思いきり閉めると、厚いカーテンをおろした。

カレンを呼び出し、できるだけ早く彼女を車にのせ、こっそりそちらへ連れていくとしゃべった。カレンはこれまでになくあわてふためいており、一瞬ロジャーは事態がすべてバラバラになっていくような気がした。それがどうだというんだ！

リディアにすわるよう命じる。しかし、彼女はさっきの皿を持ち上げたときの、腕をのばした姿勢でつっ立ったままだ。仕方がないのでロジャーはそばまで行き、用心ぶかくその腕を下へと押しさげてやった。腕はそこに止まったままだ。そこで、居間へとひっぱって行き、身体を折り曲げて、長椅子で背を支え、すわった姿勢にした。皆にどう言おうかと考えながら床を歩きまわっていると、彼女の身体が床に倒れる音がした。いまでは彼女はすわった姿勢のまま、頬と肩を床に接触させている。大きな笑みを顔に浮かべ、まのぬけたみだらな表情でこちらをみつめているようにも見える。彼はぞくっとして、おおいをかけた。

カレンはきっと彼女を治すことに異議をとなえようと待ちかまえていることだろう。もう誰にも治せないとたぶん主張するにちがいない。そのためには、かなり金がいることになる。彼はおおいの下のグロテスクな姿体にちらっと眼をくれながら、カレンがどう言ってこようが、彼女さえ元通り治ってくれればと思った。

何とか彼女を車に乗せ、自分のとなりの座席にすわらせた。ドライブには悪夢のような、非現実的な雰囲気があった。何度もその身体が運転している彼に倒れかかり、そのたびに声のないあの笑みが顔中に広がっているのだ。朝の八時半に自分の部屋へ戻ってきたとき、彼はがたがたと震え、顔色は青白く、眼の下には黒いくまができていた。長椅子にそのまま倒れ込むと、深い眠りに落ちたが、そこでも彼女の夢に悩まされた。十時にテレスクリーンからのしつこいブザーの音で目が覚めた。眠い目をこすりつつ、スイッチをひねる。

「ロジャー、どこか悪いのか、おい？」エヴァンが彼を見て叫んだ。ざっとだが、とり散らかした部屋をたちまち見てとったらしい。

「大丈夫だろうな？」

「ああ、大丈夫さ。あなたにも知っておいてもらったほうがいいな、最近リディアの具合が悪くてね。昨日の晩ニューヨークへ連れていって専門医にまかせたのさ。ちょっと前に帰ってきたんだ」

エヴァンは当然ながら驚き、同情した顔つきになった。そして、急いで仕事の話に入った。

それだけでおしまいになるはずがないとロジャーにはわかっていた。存在しない医者の名前と、その住所、それに病気の名前をあげる。そうした住所ならカレンが教えてくれていた。「彼は一流の医者だよ」ロジャーは言った。「だけど、少なくとも一週間、場合によれば二週間かかると言っていた」ロジャーがそれ以上は返答に窮《きゅう》するだけなので、エヴァンはいくつかの伝言で通話をきり上げた。

エヴァンが切ってから数分後にかけてきたマティルダに、ロジャーは悲嘆にくれる夫という役割を見事に演じてみせた。マティルダは同情と悲しみをしゃべりまくった。花を贈るわ、手紙を毎日書くわ、病気には、手紙というのはとても、とても効《き》くものなのよ。

他にもいろいろと切り抜けねばならなかったが、彼は完璧に役割を演じつづけた。ただ、その週にはカレンから連絡はなく、翌週もだった。ほとんど毎日といってよいくらい、同じ悲しみを表すマティルダの励ましに、彼は答えつづけた。彼女は良くなってますよ、だけど先生がまだいつ家に戻れるか言ってくれないんです……三週目になって、彼もカレンと連絡をとろうと働きかけたのだが、居場所も戻ってくる日もわからないと秘書が否定をくり返すだけだった。

よく眠れず、食欲は極端に落ちた。かわいそうに、リディア——思うのはそればかりだ。苦しいだろうか？　いや、彼女は苦しむことができるのか？　連中は果たしてリディアを前と同じようにして戻してくれるだろうか？　頭の中に、彼女のなめらかなプラスチックの肌がむしられ、中の電線やチューブやテープが見もしらぬ連中にさらされる光景ばかりが想い浮かび、とても耐えられるものではなかった。カレンのような男のもとに彼女をおいてきたのはまちがいだった。

自分もその場に残っていなくてはいけなかったんだ！　まるで、虎の前に子供を放ってきたようなものじゃないか。あいつは、リディアのことをそれと呼んだ。ロジャーは苦々しく、あの晩カレンもパノウスキーといっしょにいたら良かったのにと思った。後でそうしてやる、と心に誓う。彼女が良くなって、こちらへ帰ってきたらすぐにだ。

翌日通話しても、カレンの秘書からは同じ返事しか聞けなかった。その翌日も。やがてマティルダが通話してきて、花屋に花束が戻され、その住所には相手先がいないと告げられたと知った。そして、夜のニュースで「『アンドロイド株式会社』の重役が五十万ドルを抱えて逃亡」という事件が流された。

ぐったりとすわりこんだまま、彼は空《くう》を眺めていた。カレンが逃げた。やつは自分が自由にできる金すべてと、かなり裕福になれたであろうロジャーの六万ドルとを持ち逃げしたのだ。リディアのことはつとめて考えないようにする。彼女はもういない！　妻は死んだのだ！

彼女がこれまで存在した証拠は出てこないだろう。彼女の存在は、まるで一度逃せば取り返しのつかない夢のようなものであり、後に何も残らず、記憶も徐々に失《う》せ、ついにはすべてがなくなるのだ。

でくのように彼は前方をみつめ、リディアの死を感じ、その重味がのしかかって、自分の内に冷たく重いしこりが残るままにしていた。ドアが聞き、男が中に入ってきて話しかけるまで、気がつかなかった。

「アンドーヴァーさん？」男は背が低く、きゃしゃな体格だったが、顔や物腰には権威の匂《にお》いがした。

「そうだが。きみは?」

「ファレル部長刑事です。もしよろしければ、あなたの奥さんのことで少しばかり質問させていただきたいのですが」

弁護士は数分で戻ってきて、彼らは予定どおり法廷へと向かった。「さあ、本当はどうだったのか教えてもらえるかな?」

「本当はだって?」ロジャーはおうむ返しに答える。「証拠で本当のところは歴然としていると思えるけどね。妻が裏切ったので、わたしは彼女を殺した。正常な男なら当然の行為だよ」

彼らは判決が読まれるのをきくために法廷へと入った。それ以上、ひと言もかわさずに。

(訳・安田均)

# 一マイルもある宇宙船

*The Mile-Long Spaceship*

アラン・ノーベットは身体の震えを抑えることができずに、しみ一つない病院のシーツの下で暖まろうと体をまるめていた。意識がゆっくりと戻ってくるにつれて、彼はいら立たしげに身体を動かしたが、それとともに、眼もくらむような苦痛が頭につきささった。呻きが唇からもれると、すぐに彼のそばについた看護士が、優しくしっかりと彼をもとの位置におしやった。

「動かずに、じっとしていなくちゃ駄目ですよ、ノーベットさん。あなたは聖アグネス病院にいるのですからね。あの事故で頭の骨が折れたので、手術をしなけりゃならなかったのです。外に奥さんがこられて、待っておいでです。でもあの方にはどこも別状ありません。私のいっていることがわかりますね？」

彼女の言葉はゆっくりと、非常に明瞭に発音されたが、彼にはその断片をつかみとるだけで精一杯だった。

なんの事故だ？　船に事故が発生することなど絶対にありえなかった。もしそうなら、彼はあの宇宙空間で完全に息絶えてしまっているはずだ。それに妻がそんな所にいたはずがない。

「船に何が起ったんだ？　一体どうして俺がこの地球に戻っているんだ？」苦しみながら、言葉がしぼり出された。そのたびに、激しい苦痛と目まいとが襲ってくる。

「ノーベットさん、どうか静かになさって下さい。先生をお呼びしましたから、もうすぐここに来られるはずです」その声が彼をなだめた。同時に、淡い記憶が呼びさまされた。遭難？　俺の妻？　妻？

「クレア！　クレアはどこだ？」そのとき医者が現われたので、彼の心も平静にかえった。やがて、クレアの無事を再び確認したアランは救われたように眼をとじた。彼女はもう少しすると、ここに現われることだろう。他の記憶は徐々に後退してゆき、彼がさきほどまで見ていた麻酔による夢とまじり会った。医者は脈をとり、胸の鼓動に耳をすませた後、眼を調べたが、そのあいだずっと喋りつづけていた。

「あなたは幸運な方《かた》だ、ノーベットさん。ほんとに災難のまっ只中にいたんですよ。奥さんはもっと幸運だった。二重車輪《バイウィール》がまずあなたにぶつかったとき、彼女はきれいに投げだされたんですからね」

アランはいまではすべてをはっきりと思い出したが、一瞬どのようにしてその場から脱けだせたのだろうかという疑問が心をよぎった。検診を終えた医者は、ほほ笑みながら最後にこう告げた。

「まったく完璧といってよいほど正常です。まあこれも、この五日間宇宙をかけめぐってきたというあなたの言葉を考慮した上での診断ですがね」

「五日間？」

「そう、事故は土曜日におこりました。今日は木曜日になります。そのあいだ、休息をとってもらう意味から、鎮静剤をかなり投与してきました。強度の脳損傷があって、絶対に安静が必要だったのです。バーンズデイル先生が土曜日の夜、すばらしい手術をされました」

医者がこうも多弁なのは、ほぼ六日間もの後の覚醒によって、自分が大きな衝撃を受けないようにする意図があるのだろうと彼は思った。頭を動かさないでいると、今では苦痛も全然感じられない。話すとなるとまだ問題があったが、それも医者の方で聞きもしない質問に勝手に答えてくれるので、彼にはとてもありがたかった。医者はひととき彼の傍らにいたが、やがて職業的な口調になると、クレアを請《しょう》じ入れるよう看護士に命じた。

そして、再びアランに向きなおった。「奥さんとはほんの数分だけですよ——もしあなたが話しはじめたりすると、もっと短くしますからね。午後に私はまた来ます。それまで、できるだけ休んでいて下さい。苦痛がひどくなるようでしたら、看護士に言って下さい。彼女には、あなたが言った時だけ、皮下注射をするように言ってありますから」彼はまたも陽気に笑った。「でも、本当に奥さんを話にひきこませないようにしなくては。あなたの喋っていたそら話に夢中になってしまって、もっと話を聞き出そうと、またあなたを昏睡させてしまうかも知れないから」

クレアの来訪はたいへん簡単なものであったが、彼を非常に疲れさせた。彼女とわかれたのち、彼はここちよげに、ほぼ一時間ばかり休んでいた。そのうちに、苦痛が全身に溢れだしてきた。

「看護士さん」

「はい、何でしょう?」しばらくの間、彼女の指先はノーベットの手首に軽くおかれていた。

「痛みが——」

「気楽になさって下さい。すぐになくなりますわ」が、腕に注射針がささっても、別に痛みを感じないほどひどい。やがて、苦痛は何層にもなりながら体を去ってゆき、徐々に睡眠の障害にならぬほどの軽いものとなった。そして冷たさが……

　宇宙はじつに冷えびえとしていた。疾風や突風となるような風は存在しない。この冷気は少しも柔げられるわけではなく、変ることのない、かじかんでしまうようなそれがただ続く漆黒の虚空。彼は振り返って肩ごしに眺めたが、地球はすでに数知れぬ恒星や惑星の海に埋もれてしまっていた。かつてこのような星々をすべて眼《ま》のあたりにしたものがいただろうか？　彼は自らに問うた。星屑の信じられないような輝き。それらをみつめるにつけ、いくつかの星の奇妙な動きに彼は驚嘆した。時にはほぼリズミカルに、そしてまたある時は非常に不規則に、脈動をしている星が見えた。ある星は急に片側だけが拡張して巨大になり、周囲の隆起がさらに輝きをましたかと思うと、急速にしぼみ果て、それをただ何度もくり返していた。アランは天文学の知識が不足していることを悔んだ。彼は火星に最初の宇宙船が到達して以来、誰もが知っているごく基本的な知識以外に何も知らなかった。宇宙旅行が可能となった頃には学校を卒業しており、宇宙とその居住者を理解するために必要な情報をさがして、新聞を読んだりすることもなかったのだ。

　再び彼は身震いした。眼をつかわずに見ることが、こんなに便利だとは思ってもみなかった。拡がるはずの瞳もなく、燃え傷つくはずの網膜もなく、輝く光景に苦痛のさけびをあげる神経もない。おのれを束縛していた煩しい肉体を離れて、ここにいることは何とすばらしい！　彼はひとりすまして決めこんでいたが、突然あの船のことを思いだした——一マイルもある宇宙船。ただちに彼は、自分を包む宇宙の奥へと精神のまなざしを送ったが、それはどこにも見あたらなかった。船はまだ地球から何百万光年ものかなたにあるに違いない。彼の推測は、再びそれが眼前に浮びあがってきたとき崩れた。自分が再び船上にいて、今まで眺めていた星々は巨大な壁面スクリーンに投影されたものであると、徐々に気がつきだしたのである。

星が次々と青紫色にかわり、ほとんど見えなくなってしまうのを彼は興味深げにみつめていた。それに、乗組員たちにも慣れてきたせいか、彼らに注意をひかれることもほとんどなくなった。その声は低く単調で、抑揚もなければしゃべる速さに変化もないという煮えきらない響きをしていた。実際、その言語は表現に乏しく、彼らを理解しようとする試みを、無視してしまうようなところがあった。

「彼がもどってきたぞ」精神感応者《テレパス》が告げた。

「よかった。死ぬのではないかと恐れていたんだ」複雑な立体星図をにらみながら、星々を渡るこの強力な船の進路を定めていた航宙士は、そうこたえて静かに作業を続けた。

「彼は怪我から回復しつつある。まだこちらからの送信《インパルス》は受けとれないようだ」精神感応者《テレパス》は自分たちのただ中にいる異星人の心に何とか像を結ばせようと幾度も試みていた。「駄目だ」彼は言った。「違いが大きすぎる」

「まだ未熟なんだ」異星人が最初に現われて以来、辛抱強く待ちつづけていた心理学者がこたえた。「成熟した精神になら、テレパシーで届かないはずはない」

「彼の世界がのぞけるか?」これは航宙士である。

「家庭生活、それに仕事や手近の環境といった私的で似たような情景だけ。非常に原始的《プリミティヴ》な段階だ。たんに彼が未教育なせいかも知れんが」

「もし天文学について何か知ってさえいたら」航宙士はそういって肩をすくめ、かなり離れた位置にある二つの惑星が紫色に表示されると、星図の中にしるしを付した。

「彼の心に関係している星々の名を挙げると」精神感応者《テレパス》は更に深くさぐっていった。「北斗七星、北極星、火星――いやまて、これは彼らが植民した惑星の一つだ」他の乗組員にもすぐわかるような不信の念が精神感応者《テレパス》から拡がったが、その口調には変ったところはなかった。「彼には単星と、星団と、星座の区別もつかない。ただ個々の星々として見ているだけで、星はそういうものだと思いこんでいる」

航宙士はおだやかな声でこたえたが、もどかしさを抑えている様子が、他の連中にもありありと感じとれた。「彼の恒星に注意するんだ。そうすれば、たぶんヒントがつかめるだろう」誰もが、その不可能なことを知っていた。精神感応者《テレパス》が、アランはみずからの恒星についても、ほとんど何も知らないことを物憂げに伝えはじめたとき、船長がもう一方の壁面スクリーンから現われた。

同伴しているのは、この船の民族学者だった。こわれた芸術品や道具などの遺物から、時と場合によっては、更にささいなものから、元の文明の姿を完全に再現することのできる専門家である。船長とそこにいた連中は、星々のきらめくスクリーンの傍らでくつろいだが、外宇宙を再生した三次元図の中に破線で示されたこの宇宙船の航路へと、すぐに眼をひかれた様子だった。

「彼はまだここにいるのか?」

「はい」

「われわれがもう彼を発見したことに彼は気づいているのか？」

「いいえ。彼にこちらへの認識を示させるような努力はまだ行っていません」

「よし」そういうと、船長はこの特異な難問を考えるために沈黙した。一方では、民族学者が、アランの知っていることから、地球についての事実を着々とつけ加えていた。

確かに彼らにになら、過去と現在の姿を、完全な形でつくり上げることができるだろう。異星人の心と記憶が作り上げるように完全な姿で。しかしそうしたところで、その惑星の位置を定められないのなら、家に帰ってSF映画でも見ていた方がましだ。事実、今回の探検は、ほんとうの意味での成功と呼ぶには成果が少なすぎた。ある種の擬似知性体なら生活をできるかもと評価できるものさえ僅か十四しかない。その他の数百の星々では、知性体など全く存在しないというのが適切だった。良心的に考えても、優秀だと判断できる星はせいぜい一つだ。しかしここにいる精神には、まだ未発達な人間型種族とはいえ、知性が感じられる。その居住地は、優秀だと評価されるような条件をすべて満たすものだろう。船長は、この点について確信を抱いた。

突然、精神感応者《テレパス》が告げた。「彼が行ってしまった。スクリーンを見るのに飽きてきたんだ。彼は天文学について何も知らないから、この方法は意味をなくしてしまったんだ。彼はばく然と、われわれが前もって定めた目標に向って進んでいると考えている。調査、もしくは星域探査という概念はまだ抱いていない」

「どのようにして」船長がつぶやいた。「彼は意識下の連想と、意識上の思考とを調和させているのだろう」

心理学者がこたえた。「彼はいま、たぶん別の夢の中でめざめつつあります。ここの記憶がまじりあっているために、端の方がぼんやりとしていますが、とにかく非常に鮮明で見なれた、また別の夢が、彼の心の内におこりつつあります。彼の意識下に横たわっているものの多くは、事実の記憶というよりも、夢の記憶といった方が、私には信じられますがね」心理学者はなおも続け、他の者たちの皮肉や嘲笑に、苦笑もみせなければ、何の反応も示そうとはしなかった。「彼には常に充分に食べさせてもらえるという観念があります。飢えという観念は、老練な心理学者でも、とりだすのに苦労するほど、意識の奥底へと閉じこめてあります」

精神感応者《テレパス》は身じろぎし、反論しようとしたが、おしだまった。異星人の心は乾板のように明瞭で読みとりやすいのだ。数多くある心象のうちいくつかは混乱していて理解できなかったが、それはたんに異質であるからで、決して夢のイメージによって歪められているからではない。心理学者は表面的な意義を、受けいれることができないのだ。常に隠された場所や意味を探りたがる。ちょうど地球上に世界民主主義が実現したと聞いて、彼が示した態度のように。

「つまり、恵み深い独持制だろう、よくあることさ。だいたい、世界全体が民主的な政府によって治められるなんてありえない。小さな地方ならわかる。しかし、世界全体となると駄目だ」心理学者はこう断言した。しかし、精神感応者《テレパス》はアランの心の中にいたのだ。彼はそれが可能であり、実際に行なわれていると知った。地球だけではなく、植民地である火星や金星の上においてさえもである。

船長は、まだ自らの疑問点にそって思慮をおし進めていた。

「彼はわれわれに対して、恐怖や拒絶の感情を示したことはないのか?」

「ありません。異なるものとして、われわれを受け入れています。異質であるがゆえに、恐れるといったことはありません」

「それは、彼がわれわれを想像上の虚構にすぎないと信じているからでしょうな。めざめることでわれわれをコントロールできると思っているのです」

船長は心理学者によってなされたこの説明を無視した。夢に対して知性を充分に備えた精神でも、その中で恐怖におびえることがある——船長でさえ、それくらいの知識はわきまえていた。もしこの地球人というものが見つかったら、ことによると侮りがたい敵になるかも知れないと彼は感じはじめていた。

「船の推進力には何か特別な興味を持っていないか?」

「彼はわれわれが原子力駆動を使っていると思っています。しかし、原子力そのものについては、おそろしいほど貧弱な知識しか持ちあわせていません。彼らの推進力はまだそんな段階です」

「この種族が原子力を使っている以上、どうしても彼らを見つけださねばならないまた別の理由になるんだ」これは原子力エネルギーを用いた三番目の惑星ということになるだろう。まだ若い種族だ。未知の潜在能力を秘めている。今はまだ恒星間飛行にまで到っていないが、百五十年前には原子力さえ知らなかったのだ。もうそれが、近接の惑星にまで達している。船長の種族たちが同じ事に成功するまでには、その三倍の歳月が必要だった。船長は彼の時代に存在し、原子力を持ったもう一つの種族を思いうかべた。彼らは広がる波の輪のように、宇宙を調査していった。事実、武器はまだ大して進歩をとげておらず、そんな状態で究極の爆弾や致命的な光線、ガスなどを持つ敵に不用意にも出くわしてしまったのだ。それでも、彼らはすばやくそれらをみならい、狡猾な腕を発揮して侵略者に立ちむかっていった。全く勇気という点では疑問の余地はなかったが、最終的に勝利を握ったのは侵略者の方だったのだ。

それを考えると、船長の胸にはわくわくするような快感は生れなかった。事実だけだ。はるか昔になし遂げられた……結論がでるまでには確かに長い時間がかかった。しかし、それは『必然』でもある。ただ一つの種族、ただ一つの惑星、ただ一つの政府だけが、権勢を持ち、宇宙の大通りを造る資源を手中におさめられるのだ。奴隷が主人の船にのることはできるかも知れないが、彼ら自身の船を所有し操縦することは許されない。それが鉄則というものだ。船長はその鉄則を最後まで掲げようと決心した。

そしていま、一つの精神が身体を抜け、地球を離れて宇宙をさまよいながら、重要な秘密を洩らそうとしている。これこそ重要なただ一つの精神だ。そもそも宇宙を進む恒星の光は幾百万あるのだろう？　そのうち、生命を育む惑星という家族を連れているのはどのくらい？　答が返ってこないことは船長も承知していた。それでも、彼は、自らの身体にもどろうとする異星人の心を追って進んでいかねばならなかった。

アランは頭が動かないようにして、ゆっくりとコーヒーを運んだ。彼がベッドに起きあがって初めての食事だったが、もう疲れがひどくて、スプーンをカップから上げることもできないくらいだった。クレアが彼にかわって、優しくそうしてくれ、カップが唇におしつけられる。

「疲れたのね?」彼女の声は愛撫そのものだった。

「少し」少しだって! 彼の望みは、体の下にあるベッドに横たわり、眠るように囁いてくれるクレアの声だけなのに。「もう皮下注射がいるなんて思っちゃいないさ」彼は思わずそうした考えを喋ってしまったが、クレアは理解したのかうなずいた。

「先生は、あなたがこだわりを捨てることができれば一番だと思っているわ。本を読んで見ていてあげるから、眠ったらどう?」こうして、彼らは読書の喜びを再発見したのだった。3Dセットや小説映画を見るかわりに、本物の皮で装丁された書物があった。アランはだまって横になり、妻の高まり低まりする静かな口調を楽しんでいた。クレアの声を聞いていると、まるで音楽のように感じられ、しばしば言葉自体はそう重要でもなかった。時を刻む耳には届かないドラムの響きのように、彼女の声はあるパターンをリズミックに織りなすのだった。美しく明僚に発音され、彼はその声の音が何を思い起こそうとしているのか必死につかもうとした。そのうちにわかってきた。それは口調と表現に違いこそあるが、あの夢の中の一マイルもある宇宙船に乗り組んでいた連中を連想させたのである。途端に、そんなことがありえないことに気づいて彼はにやっとした。彼らは誰もが同じ金属的な口調でしゃべり、高揚したときも単調なままで、決して調子が変わることがない。つまり、場合場合に対する声の緩急がないのだ。

病院の騒音はうすれ、あいまいになって行き、やがて完全に消え去った。あたりは再び沈黙と化し、彼はこの前に訪れた静かでもの淋しい惑星に向って、近づいていった。そこで彼は休息し、頭上に渦をなして拡がる星屑をみつめた。さきほどまでは船から銀河を眺めていたのだが、その螺旋形にひどく興味をそそられたので、更に近くから観察しようと船を後にしたのだった。この小さな惑星から見た星空の効果は驚くべきものだった。頭上をおおう星の海に、次々と見つかる小さな輝くダイヤモンドの指輪の中から、一番大きく明るいやつだけでも売り払えたならどうだろう。いったい、何度俺はここに戻ってきたんだ？　おぼえてはいなかった。と、突然、頭の中に一マイルもある宇宙船が再び姿を現わした。

「彼がもどってきた」精神感応者《テレパス》はスカイ・スクリーンの前から動かなかった。航宙士もそれにならった。が、すぐにパノラマは空白となり、二人は向い側の壁面スクリーンへと歩きだした。

「彼は来ているのか？」

「うん、好奇心は持っている。何かうまくいってないと感じているだけだ」

「それならいい」二人はスクリーンから抜けると、一団がフィルムを眺めている巨大な部屋へと足を踏みいれた。

航海士と精神感応者《テレパス》は、メンバーの後方に軽く腰を下した。船長がしゃべっていたが、これまでのように二人に訊いた。

「彼の反応はどうだ？」

「フィルムに興味を感じたようです。次元効果には飽きなかったようすで、三次元フィルムの形式にも慣れてきたようです」

「非常によい傾向だ。彼の反応しやすい部分が刺激されたらすぐ教えてくれ」

フィルムは彼らの教育天文学コースの一つで初心者用だった。いろいろな恒星を一つずつ示すことから星座を教え、最後に彼らの銀河系で終っていた。新星や超新星、惑星や衛星が現われる。精神感応者《テレパス》は異星人の記憶を深く掘りさげていったが、ただこの男の興味が増すのを感じるだけで、見おぼえのある光景には一つとして出会わなかった。突如として、精神感応者《テレパス》は告げた。

「彼はこれを以前に見たことがあると思っている。似たような銀河系をちがった角度から見たことがあるんだ。ちょうど真上で渦をまいているやつだ」

「その角度から、こいつをスクリーン上に映しだしたらどうだ?」船長は尋ねた。

「細部にわたっては駄目です。星図に印された方向から、一部としてなら」航宙士はこたえながら、しるしを付けていた。「この特殊な効果からみて、あてはまる位置にくる恒星は次の三つだけです。六つの衛星を持った白色矮星が一つ、後の二つは衛星の数はわかりませんが、巨大な二重星です」

船長は深く考えこんだ。たぶん別の似たような銀河系だったのだろう。これもまたおなじみのやつなんだ。

会話の際と同じ口調で命令が下された。異星人には自分が虚空を横ぎる巨大な宇宙船の舵手になろうとは、知るすべもなかった。

精神感応者《テレパス》はめまぐるしく変化するフィルムを見ながら、異星人の心に密着した。時として異星人の思考を、外部に伝えたりもしたが、重要なことは何も得られなかった。以前と同様に、この男の離別は急激だった。

「彼がまた離れた」精神感応者《テレパス》の報告とともに、フィルムがきれ、船内は日常の業務に再び移った。

しばらくして船長は、心理学者、精神感応者《テレパス》、主任航宙士、民族学者と会合をもった。

「われわれは、宇宙における最高の精神を代表している。しかし、この劣悪な知性体に対処しても、どうしようもないと思われる。彼は、意のままに内に外にと動きまわるだけで、決して何ももたらさない。われわれはもう、無益であると思われるような踏査に何光年も進むことは不可能である。だいたい君が——」彼はあわれみなどかけらもない視線を精神感応者《テレパス》にすえた。「あの異星人がある形態《フォーメーションズ》を認識したと伝えるからだ」船長の怒りにはとても触れられそうもなく、残りのものたちは不安げに身じろぎした。しかし、彼の次の質問はいつもと同じ単調な声だった。

「で、君は、この前の会合で示唆したように、彼の心に何とかタネを植えつけられないのか?」

「難しいことです。うまくいくかどうかわかりません」精神感応者《テレパス》は同意を求めるように、心理学者をふりかえった。

「彼は更に教育をうけたいと望みはじめるまで、決して自分のことはわからないでしょう。しかし望んでも、事態はまちがった方向へと進む可能性があります。われわれとしては、彼に航宙法と天文学を学びたいと思わせることによって、彼の故郷である星を見つけることができるよう願って待つしか手はないでしょう」会合は、このあとすぐに散会となった。

アランは再び仕事にもどった。事故の記憶は全て過去にうち捨てられた。人生は整い、充実しており、勉強に向う時間はない。彼はこの事を自分に何度もくり返してが無駄だった。実際、大学に登録しようと空欄に自分の名を書きこむ際まで、そうつぶやいていたくらいだ。

「彼がまた戻ってきたぞ!」精神感応者《テレパス》は、異星人が再び現われる望みを、ほとんど放棄しようとしていた。彼は異星人の心の中にみずからを閉じこめ、まるで書物を暗誦するように伝えた。

「完全に傷をなおして、再び職につき、町の学校の夜間クラスに登録している。彼はいま、原子力工学を学んでいるところだ。卒業論文と呼ばれるもののために、データを集めようとしていまわれわれのエンジン室にいるぞ」

船長は静かに巻舌で一連の罵《ののし》りを発音した。それは、この宇宙へのりだしたど新米の船員に投げつけるに、ふさわしい内容だった。やがて、静かにゆっくりと、ストイックともいえる態度で、彼は赤いボタンを押した。一連の連鎖反応によって、一マイルの船を完全に蒸発させてしまう装置のボタンだった。彼は最後のつかのま、願わくば異星人がひどい頭痛でめざめてくれるように祈った。そのとおりとなった。

(訳・安田均)

# 惑星を奪われた男

*The Man Without a Planet*

ある日彼らが出会うのは必然だった。アイオワ州の農場から大学に進学したロッドは、アラビア、カナダ、チベットでの実践的フィールドワークを経て、いま火星の新たなフィールドをめざしていた。そのステップのひとつひとつが、この二度目の出会いにつながっていたのである。何年にもわたって心の準備をしていたかのように、ロッドはその瞬間を運命論的に受け入れた。ゆるやかに湾曲した昇降口をくぐって、船内のほかのものには目もくれず、十三号座席の男をみつめたとき、彼の目をみつめかえしてきたのは、石板のように灰色の目で、そこには表情もなければ希望もなく、哀願や謝罪も、なんの感情もこもってなかった。たんに見ただけで、ほんとうはなにも見ていなかったのかもしれず、ロッドにみつめられてもたじろぐことはなかった。ロッドは目を伏せ、背後から彼の脚をそっと突いてきた乗客に不明瞭なことばをつぶやいた。

船内時間の昼のあいだ、すべての座席は磁力を切られて、原子核をめぐる電子のように、カードテーブルのまわりや共有ダイニングテーブルのまわりに配置されるか、正面が太陽に照らされた地球という最高の光景を驚嘆とともに眺めることのできる、強化ガラスの舷窓の前に配置されたが、十三号座席だけは固定されたままだった。

原子時計が一日の終わりにふさわしい時刻を示すと、座席はもとの位置にもどされてベッドになり、不透明なカーテンを閉めるとそれぞれの座席が小さな個室になった。それがダンベル型宇宙船のファーストクラスだった。

船内時間の夜になると、全員が鎮静剤を投与された。それが効いてきて眠りに落ちる寸前、心理学者のいうとおりかすかな光が現れて、宇宙の闇に浮かんでいるダンベル型の宇宙船のイメージが浮かんだ。連結棒の両端のふたつの球体に描かれた白と黒の正方形が、しだいに形を変えてロッドをみつめる無表情な灰色の目になった。

「所属は」太ってぶかっこうな男がいった。「水耕栽培地区一〇九七です。あなたは？」

ロッドは反射的に答えた。「地質学、鉱山探査です」

船内生活も三日目で、ロッドは鬱っぽく非友好的な気分だった。水耕栽培の男の体形まで神経にさわった。気がつくと、昼間の座席の配置が微妙に変化して、乗客リストの三名の女性それぞれを中心に新たな輪ができていた。そのひとりがにこやかにほほ笑みかけ、自分の座席を彼の座席にそっと近づけてきた。

「地質学ですって！」彼女は大声でいった。「わたしむかしから地質学が大好きなの！」

いきなり会話にわりこんできたので、ロッドは嫌悪感が顔にあらわれてしまうのではないかとひやひやした。煙草を吸う習慣はないのに、煙草が吸いたくてたまらなくなった。彼女の瞳は皮をむいた完熟ブドウの色だった。その目がぴたっと止まって細められたので、十三号座席の男をみつめているのがわかった。男は昼間の軽い運動のために座席を離れたところだった。部屋全体が沈黙につつまれ、それを押しのけるには絶え間ない努力が必要だった。それから、男が健康維持のために医師から非常に多くの運動を課せられているという事実を知らないふりをして、乗客たちはさっきよりも甲高い声でいっせいにしゃべりはじめた。

濡れたブドウ色の瞳のせいで、その女性の考えはまったく読みとれなかった。「ごみ！」ロッドのうしろをみつめて、彼女は声を出さずに口を動かした。

舌にひりひりとした苦みをおぼえ、はっきりイメージできない、ことばで表わすこともできないなにかと戦いながら。ロッドは背もたれを倒して目を閉じた。

ときには十三号座席の周囲のカーテンが何時間も閉ざされて、乗員が開けるまでそのままというこどもあった。そんな長時間のプライバシーは、男にだけ許されていた。ときには特定の個人を選び出し、自分でカーテンを閉めるまでずっと目で追いかけることもあった。男は三十歳から六十五歳までのどの年齢のようにも見えたが、実年齢が四十九歳であることはみんな知っていた。髪の毛は白く、肌は人工照明焼けで浅黒く、目は澄んでいた。人類の完全な見本で、決して病気にならず、毎年一回法によって定められた健康診断以外に医者にかかることもなかった。この宇宙船が事故を起こさないかぎり、これからも四十年間は生きつづけるだろう。

五日目、ロッドは乗客のひとりであるウィラード・ベントンと、ことばをかわす程度になかよしになり、おかげで単調さがいくらかやわらげられた。ふたりは昼のあいだ断続的にことばをかわしたが、この旅の最大のよろこびは、ひとりひとりに割り当てられる浴室での貴重な時間だった。ロッドは無情に時を刻むタイマーの針をじっとみつめ、それがカチッと音を立てて終了を告げると騙されたような気分になった。湿気を帯びた温かな空気に毛穴がみたされたときには、清潔というおなじみの感覚をこえるものだと思った。それは空間の感覚であり、浴室でたったひとりであるという感覚だった。浴室では両腕をふりまわすことができた。歌を歌って、それがごくかすかにこだましてくるのを聞くことができた。肩や脚より先を見ることができて、しかも完全にひとりだった。それは自分だけの空間であり、そのために、浴室は火星の旅でもっともありがたい贅沢だった。それは地球に残してきた日常の一部であり、火星で待ち受ける日常の一部だった。浴室にいるとき、彼は自分が地球から何千マイルも離れたからっぽな空間にぽつんと浮かんでいるのを忘れることができた。ほとんどあっというまに、故郷の地球の感覚をとりもどすことができた。

自分の座席にもどり、カーテンを閉めて、さあ映画でも見ようかなというときになって、ふいに胸を刺すような良心の呵責をおぼえた。短い息抜きですっかり浮き浮きと安らかな気分になっていたが、そのあいだ、あの哀れなやつは……いつのまにか、ロッドの指は十三号と表示されたボタンに触れて、はっきり意識しないままに、それを押していた。ただちに自分の愚かさを後悔し、キャンセルボタンを押したが、ときすでにおそく、十三号座席のおなじようなアームのパネルに、呼び出しの合図が点灯したにちがいないと彼は思った。どきどきしながら、身をこわばらせて、パネルが点灯するか、あるいは男が彼の行動に気づいたというしるしが示されるのを待った。そのようなものはなにもなく、彼はしだいに緊張をやわらげていった。

六日目、七日目、八日目。みなおなじようなものだった。すべて一日目と変わりなく、船が火星の衛星デイモスに着陸するまで生き延びるという決まりきった毎日だった。けれども、ロッドにとって、毎日は果てしない耐久競争だった。無限に百万を加えても、無限に変わりはない。一生に一日を加えても、一生はやはり無限だ。混乱した思考を中断してみると、十三号座席の男の燃えるような凝視のせいで、自分の目がひりひりしていることに気づいた。
そのような穏やかな静かさを維持することは、そのような絶対的な受容の態度を維持すること
は、人間には不可能だった。他の乗客たちも、男の存在を意識するようになっていった。まるで
男の禁欲的な態度が彼らに対する個人的な侮辱であるかのような、男に対する怒りとからみあっ
た意識だった。会話はしだいに減って、あまり心地よいものではなくなり、機内食にかならず添
えられる鎮静剤にもかかわらず、議論は激しく辛辣なものになっていった。ロッドとベントンは
頻繁な会話のなかでこのことを話題にした。
「こんなのが六か月もつづいたら、どうなってしまうだろう?」ベントンがひざの屈伸運動を
楽々とつづけながらつぶやいた。
「死ぬに決まっている」ロッドはぴしゃりといった。ベントンがいかにも楽しそうにきつい運
動をつづけていることすら神経にさわった。ほかの乗客たちはまともな運動をまったくしなかっ
た。ロッドも船内を歩くだけだった。
ふいに、彼はたずねた。「ベントン、あの男のことをどう思う?」
小柄な男の顔に驚きの表情はなく、頭上高く両腕をのばして、そのポーズのままで心の中で数を
数えた。「地獄にちがいない」彼が口にしたのはそれだけだった。
「ぼくがいいたいのは、あの男がやったことだ。まったく疑念はなかったのだろうか……」
「かけらも。淡々と事務的にことをすすめていったそうだ」まるでルネッサンス期に生きて死
んだ人物について語っているかのように、ベントンの声は冷静で客観的だった。

「ああ」ロッドはうめくようにいって唇を噛んだ。そしてまた煙草が手に入るようになったら、きっとチェーンスモーカーになるだろうなとぼんやりと思った。それはよくわかっていた。男の証言は何度も繰り返し読んだのだ。それに関して印刷されたすべての文章も記憶したのだ。男はなにひとつ否定しようとしなかった。どうなるかはっきりわかっていたが、そのうえで行動したと認めたのだ。ロッドはため息をついて、まるでそれが別人格であるかのように、ボタンの手前でいつまでもぐずぐずしているのは、それのせいであるかのように、人差し指をじっとみつめ、それからついに——三回たてつづけに——ボタンを押した。

ベントンが椅子に身を投げ出し、からかうような表情を浮かべてロッドの様子をうかがった。

「がまんできなくなったのか？　あの男のことが」

ロッドはまた低いうなり声をあげただけで、押しつづけた。

「やめとけ。心がめちゃめちゃになるだけだ。けりのついたことじゃないか。二十三年も前に。いまさらきみがなにをしてもなにも変わりはしない。国連はこの七年間毎年それを議題にするのを拒否している。それも当然だろう」

「わかっているんだが、あの哀れなやつが……」

「あの哀れなやつか」ベントンはわざとゆっくりくりかえしたが、その口調の奥には殺意のこもった憎悪がこもっていた。「しかしあいつは十七人の仲間を殺したんだぞ。だれひとり死ぬ必要はなかったのに。宇宙に出ていくために、宇宙にとどまるために、栄光の報酬のまちうける場所にとどまるために。あいつが六か国から選抜された国連の宇宙飛行士を殺したせいで、合衆国はあやうく世界を吹き飛ばすところだった。はっきりいって、第三次世界大戦は目前だったんだ。うそじゃない。それが仕事なんだ」

ロッドは顔をしかめ、それからなんとか表情をやわらげて笑顔を浮かべようとした。「わかった、わかった。解決が図られ、罪に見合った罰があたえられたということだね」

ベントンは身を乗り出して彼の腕をぽんぽんと叩いた。

ロッドは昼食後カーテンを閉めてその事件について考えた。

もう二十五年も前のことだ。火星をめざす四回目の挑戦は、それ以前の三回の挑戦とおなじように、失敗に瀕していた。これが最後だという声もあがっていた。もしこれも失敗に終わったら、国連宇宙開発機構の財政は破綻するというもっぱらのうわさだった。十八人の宇宙飛行士は失敗に直面し、そのなかのひとりが成功への道をみいだした。ひとりなら、たったひとりなら、火星に行って宇宙ステーションにもどってくることができる。隕石にやられた貯蔵タンクに残されたわずかな空気でも、ひとりだけなら火星に行ける。十八人なら失敗の報告とともに地球にもどることになるが、ひとりなら火星に行ってもどれるのだ。彼はそれをやってのけ、地球に帰還した。そして国連の旗は火星の岩だらけの地表にしっかりとうち立てられた。彼の人生のただひとつの使命は達成されたのである。

彼のために、合衆国は左のほおも向けなければならなくなった。もし彼がフランス人かポーランド人、あるいはかりにイギリス人だったなら、そんな事態にはならなかったかもしれない。しかし彼はアメリカ人だった。長い間眠っていた核戦争の恐怖がふたたびよみがえった。大国間のあらゆる競争意識がよびさまされ、条約や協定といった粗末な墓からゾンビのように這い出して、国家のあいだをさまよい歩いた。ロシアと中国のミサイルはぶるぶるふるえながら直立し、ボタンが押されるのを待ちうけた。アメリカのミサイルも深い墓穴からすべりだしてきたが、世界中の国家がつぎつぎに、いまは恐縮している大国アメリカに侮辱の石を投げつけると、すごすごとひっこんだ。そしてアメリカ国民は、二億人の民に恥辱をもたらした男にやり場のない怒りを向けた。地球最大の犯罪者は、こうして国連に引き渡された。

孔子の知恵と可汗《カーン》の残酷さをあわせもつ判決を提案したのは、ガラスのような目と無表情な顔をした中国代表だった。こうして男は、彼が汚した宇宙に送り返され、死ぬまで地球と火星を往復することになったのである。

二十日。二十五日。船は音もなく、赤錆色の惑星に近づいていった。火星のレーダーは進んでいく船を、口をぽかんと開けたうつろな顔つきでみつめていた。地表への進入路が確認され、逆進ロケットが着陸のために船のコースを変えた。夕食前には到着する。おもしろいことに、酒を飲まないロッドは、なによりも強い酒が欲しくなった。着陸態勢に入る前なら、手に入れることもできただろうが、いまはただ、背もたれを倒した座席にカーテンを閉ざしてシートベルトを締め、酒を飲みたいという圧倒的な渇望に身をゆだねるしかなかった。

いかなる衝動が彼をつき動かしたのだろう？　ロッドの指は触覚だけで十三号と書かれたボタンをみつけ、今度は応答ランプが点くまで押しつづけた。

「すみません」

長い沈黙がつづいたが、それはあえいでいるためにことばにならない沈黙だった。まるでひとつひとつのあえぎが最後のあえぎであるかのようだった。

「聞こえますか？」ロッドはゆっくりとしゃべった。まるで彼の訛りになじみのない外国人にしゃべっているかのように。

「はい……はい。どなたですか？」

「それは気にしないでください。ひとつお聞きしたいのですが、あなたは正しいことをしたと思っていますか？」自分の声ながら、うわずってしわがれているような気がした。まるでその問いの答えにすべてがかかっているかのように、まるで自分の全人生がその質問をするこの瞬間のために存在していたかのように。知らず知らずのうちに、彼は固唾をのんでいた。

ふたたび沈黙があって、それからかすかに「はい」という声が聞こえてきた。

「ほんとうに宇宙開発が中止されると思っていたんですか？」彼はきびしく問いつめた。「世界のために宇宙を救ったと本気で思っているんですか？」

「国連は崩壊しかけていました……。三回の挑戦はすべて失敗におわりました……。もう当てにできるお金はありませんでした……。いまとなっては、それが事実だったか……もはやわかりません。ひょっとしたら、つぎの火星ロケットが打ち上げられていたかもしれません。そのつぎも。成功するまでいくらでも打ち上げられていたかもしれません。いまとなってはわからないことです。しかし、あのときはたしかに知っていたんです！　だれもが知っていたんです！　憶えていませんか……？　あなたはだれですか？　知っている人ですか？」

「いいえ！　あなたは一度だけ地球に連れもどされ、すきをみて逃げ出しましたね。あなたをみつけて通報したのはわたしです。憶えていますか？」

ロッドは完全に憶えていた。その光景は二十年たったいまでもきわめて鮮明だった。走ってきた男は両腕を前に投げ出してばったり倒れ、その指が地面につかみかかるようにして、両手いっぱい肥沃な土を握りしめていた。二か月後には、トウモロコシが植えられる場所である。七歳の少年は、反感と嫌悪と憎悪を感じながら男をみつめた。その感情があまりにも強かったので、農場のへりの木々の陰に隠れて吐きそうになった。彼らにつかまえられたとき、男は抗議も抵抗もしなかったが、その両手には土のかたまりがぎゅっと握りしめられていた。

ロッドは目をそっとこすった。二十年前の光景がゆっくりと消えていった。その間に男は通話を切っているだろうと思ったが、また男の声が聞こえてきた。

「すまない」彼はいった。「きみだったのか。いや、だれであってもすまないことをした」男はさよならをいわなかったが、通話が切れて、二度と答えてくれないことは直感的にわかった。

着陸はスムーズで、喝采を送る人のない船のゆるやかなアダージョによるかすかな人工重力が本物の重力になった。ロッドは十三号座席のほうを見ようとしなかった。デイモス宇宙港のエアロックに通じる。湾曲したドアのまわりに乗客がひしめいていた。ドアに近づいたとき、彼は振り返って、しまったというように指を鳴らした。

「サンプルを忘れた」そうつぶやいて座席にもどると、プラスチック容器におさめた地球の土壌サンプルがふたつ座席に置かれていた。火星の大気という厳しい環境にさらされる予定のサンプルである。彼はなにげなさそうに、そのふたつの容器をポケットに入れた。ベントンが振り返って手を振ってから、エアロックに消えていった。

十三号座席のすぐそばに通りかかったとき、ロッドはアイオワ州の土をおさめた小さなサンプルをひとつ落とした。ドアの前で、彼は振り返った、ほんの一瞬、石板のような灰色の目がわずかに明るくなったような気がした。わかってくれたのだろうか？　あるいはひょっとすると許されたと思ったのだろうか？　男の手が動いて、座席の周囲のカーテンが閉ざされた。

ロッドはドアをくぐり、エアロックの透明な天井ごしに、彼を待っている惑星を見上げた。ダンベル型の宇宙船を振り返ろうとはしなかった。彼をみつめている人がいたら、彼は頭上に浮かぶ壮大で荒涼とした惑星についてひとりごとをつぶやいていると思っただろうが、彼が考えていたのは「彼はきっとわかってくれる。人間は、たとえ少年の体のなかにある大人でも、やらなければならないことをしなければならない。そしてその後は、それとともに生きることができなければならない」だった。

自信に満ちて足早にエアロックを通り抜けていくとき、父親とおなじ灰色の目からは険しさがすっかり消えていた。

（訳・増田まもる）

# 灯かりのない窓

*No Light in the Window*

牧師のことばが終わらないうちに砂塵が吹きはじめ、コニーが「誓います」といったときには、砂が口にはいって、彼女のことばは牧師の耳には届かなかった。ハンクの手が彼女の手をわずかに握りしめ、そのあとは、渦を巻く砂と炎暑と彼女の心の中でしか聞こえない、彼女自身の耳にも聞こえない、風に吹き飛ばされることばだけになった。それからふたりは向きなおり、背後でぶっきらぼうにそびえたつ宇宙船をみつめた。ずんぐりとした船首は塵雲にぼんやりかすんでいたが、その塵雲はコニーのみごとなレースとサテンのウェディングガウンにも容赦なく襲いかかり、引き裂き、突き抜けていくのだった。

だれかが叫んだ。「こっちにおいで、こどもたち。さもないと、生き埋めになってしまうぞ。さあパーティをはじめよう」

ハンクとコニーは宇宙船の前で手に手をとってたたずみ、それからゆっくりと互いのほうに向き合い、息をつまらせる砂と塵のなかで抱擁し、接吻をかわすと砂の味がした。それからパーティが待ちうけている食堂めざして他の人々につづいて走りだした。

ふたりは週末の新婚旅行のためにツーソンに行って、月曜の朝の夜明け前には、満たされた幸福な気分で、基地に向かって車を走らせていた。コニーはハンクのやせた顔をみつめた。濃く日に焼けているが、完全な健康というにはやつれすぎている。三年間の緊張の結果だ。そのほっそりとした手が彼女のひざのすぐうえに置かれ、彼女はそれを軽くなでた。朝日を浴びて顔のしわがくっきりと浮き彫りになっていく。まるで燃える太陽が新たに生まれ変わりたがっているかのように、みるみる日が長けていった。ふたりはなにも話さなかった。ときおりお互いの瞳をみつめて微笑するだけ。まったく充足しているので、わずかな意味しか伝えることのできないことばなんか発したいとも思わなかった。ふたりの愛が生きているように、生きていることばなどなにひとつなかったからである。

コニーはうっとりと目を閉じて、その週末を一分きざみで思い出していったが、いつのまにかフィリスとの会話がしのびこんできて、すっかり心が占領されてしまった。

「ねえ、コニー、あなたは自分で受けとめられる以上の悲しみに飛びこもうとしているのよ。あなたとハンクはたしかにいまは幸福でしょう。でももし離陸のときにはなればなれにされたら？　彼が法的に死んだと宣告されるには七年かかるから、それまであなたは人妻ということになるのよ。ねえ、七年後には、あなたは三十歳に手が届くのよ」

「わたしたちははなればなれになんかならないわ。ハンクは絶対に天体物理学者のポストにつけるし、わたしは生化学研究室になにがなんでも入ってみせるんだから」コニーは笑いとばした。

「わかったわ。ふたりとも選ばれたとしましょう。船内の生活は地球の道徳律や習慣とおなじだと思う？　女ひとりに対して男は五人か六人なのよ。必然的にやってくる状況にハンクがどこまで耐えられるかしら？」

「ああ、フィリス、やめて！」コニーは憤然として反論した。「わたしたちはふたりともおとなだし、なにもかも承知のうえでこのプロジェクトに参加しているんだから。もしそうなったら、それはそれでしかたのないことだし、わたしたちは耐えることができると思うわ。なんといったって、わたしはハンク・クエントンの妻なんだから」

「そんなもの、離陸の噴煙とともにふっとんでしまうわ」フィリスは意地悪くいった。けれどもすぐに態度をやわらげて、コニーにからだに腕をまわした。「かわいそうなガチョウちゃん」その口調はまじめだった。「結婚を思いとどまるようにと説得できなかったのだから、せめてあなたの花嫁付添い人にならせて」

ハンクがゆすって起こしたとき、コニーの顔には微笑が浮かんでいた。そこは営舎のワンルームアパートの前だった。地球で最初の恒星間宇宙船が離陸するまでの一年間、ここがふたりの愛の巣になるのだ。

さっそくきまりきった日常がはじまり、まるで結婚なんかしていないかのようだった。生物学について解かなければならない課題があり、化学に関する課題があり、そのどちらとも関係のない課題もあった。そしてやらなければならないテストや授業や宿題や体育があった。可能なときには、ふたりはいっしょに食堂で食事して、おなじ時間を調整できたときには、小さなワンルームのわが家でいっしょに寝た。コニーはこのうえなく幸福だった。

結婚二か月目の記念日は、ハンクより少なくとも一時間は早く帰宅できることがわかっていたので、お祝いになにを着ようかと考えながら家路を急いだ。さっとドアを開けると、ありがたいことにエアコンの涼しさに出迎えられた。しかし、窓辺の椅子から立ち上がった人物を見て、コニーはおどろきに目を見開いた。

「ドン！」彼女は叫んだ。その手は外しかけたボタンにかかったままだった。それに気づかぬまま、まっさおになって、もういっぽうの手をぎゅっと握りしめた。ドンはハンクといっしょに学んでいる志願者だった。ハンクの身になにかあったにちがいない。遠心力発生装置だろうか？低圧実験室だろうか？

「なんでもない、コニー」ドンは早口でいった。「ハンクならだいじょうぶ。虫垂を切除した、ただそれだけさ」

「虫垂！」どっと安心感がこみあげてきて、足の力が抜けて、もう一脚の椅子にへたりこんだ。「でも、どこも悪くなかったはずよ。お腹をこわしたことだって一度もないし」

「医者の話では、前もって切除しなければならないんだそうだ。予防医学というやつさ。ハンクにたのまれて伝えにきたんだ。なにも心配いらない。明日には会えるとね」

それから一時間にわたって、彼女はハンクに面会しようとしたが、診療所の夜勤看護士は断固としてゆずらず、翌朝の十時と十一時のあいだにまた来るようにといった。

「でも、せめてひとめ会わせて！　病室に入ったりもしません。だいじょうぶなのかたしかめたいだけなんです」彼女は懇願した。

「すみません、奥さん。規則は規則なので」彼は丁寧な口調でいって、彼女をドアまで案内すると、彼女が肩を落として、いまにもあふれそうな涙をこらえつつ、とぼとぼと歩き去るまで、その場でじっと待っていた。

　一般待合室にフィリスの姿があった。

「ねえ、あなたになにができるというの？」彼女の口調は冷淡だった。「たかが虫垂の切除じゃない。ここにいる人間はみんな資格を得るためにしてもらうことよ。先週はあなたも親知らずを抜いてもらったでしょう。ツベルクリン検査とおなじくらいきまりきった手順なのよ」

「でも、ひとことわたしに知らせるべきだわ！　わたしは彼の妻なのよ！　知る権利があるわ。もしも手術が失敗したら？　もしも彼がわたしの名前を叫んだら？」

「でも、手術は成功したんだし、たとえあなたの名前を叫んだとしても、あなたが必要ではなかったんだし。さあ、そろそろ夕食をとってやすみなさい。ことによると、なにもかもあなたの資格テストのひとつだったのかもしれないわ。あなたの行動は残らず記録されているのかも。緊張や予想外の出来事にあなたがどこまで耐えられるか」

　コニーは体内でなにかが凍りつくのを感じて、一石二鳥だとぼんやり思った。自分の行動が記録されているのはまちがいない。わずかに声をはりあげて、彼女は非常にはっきりといった。「いまからいうことを正式に記録しておいて。わたしは激怒しています。この卑劣なやりくちのすべてに。いったいなんの権利があって、人間を操り人形のようにいいなりにさせようとするのか？わたしの魂はわたしのものだし、右のほほを打たれたら、にっこり笑って反対のほほをさしだすという契約にサインしたおぼえはありません」

　あとになって、心理学者たちが分析したら、どう思うだろうかと考えた。腹だたしいことに、ハンクは彼女に連絡する機会をあたえられ、それを断っていたのである。「わからないかな、コニー。なにもかも理由があるんだよ。ぼくがきみに依存しすぎていないことを確かめようとしたんだ。あの場でゾーリンがぼくをみつめているのに気づいたとき、すぐにそのことを疑ったんだ」

心理学者たちは最悪で、なかでもドクター・ゾーリンは彼女にとってもっとも恐ろしい人間だった。連中は昼となく夜となく彼らを打ちのめし、解決法のない問題をつきつけたり意味のない質問を浴びせかけたりして、彼らの大切な心を無数の小さな断面図に切り裂き、彼らの考えや感情を完全に読みとろうとするのだ。コニーはハンクが連中の鼻を明かしたことを誇らしく思ったが、それでも心の中では妻が夫の手術のことを知らないなんて不自然だと小さな声で抗議していた。彼はあまりにも自己充足しすぎていると彼女は思った。それはつまり自分が必要ではないということだ。ゾーリンが彼の内面を把握しているなら、自分は彼にとってなんの役にもたたないのだ。

あの日ハンクは朝の三時に帰ってきた。ぎくしゃくとしてよそよそしく、非常に冷静で、冷たく感じるほど落ち着きはらっていたので、ぞっとするほどだった。

「ねえハンク、なにがあったの？　なにをされたの？」

「眠りなさい、コニー。なんでもないから」

「でもハンク……」

「なんでもないって！　スティーヴが試験に落第したんだ。彼は半時間まえに出ていった。連中にたのまれて町まで連れて行った」それから、ようやく真相を明かしてくれた。「親友が去っていくのを見るのはどんな気分かとゾーリンにたずねられたんだ」

コニーは先夜のめざめた記憶と名前のない恐怖に沈黙し、はっきり特定することも検証することもできない恐怖に息がつまって、呼吸するのも困難になった。彼らはスティーヴの虫垂も摘出していたのだ。フィリスが彼女の心に植えつけた考えが圧倒的な力とともによみがえった。もしもわたしが選ばれなかったら？　こみあげる思いがその考えに具体性をあたえ、それはくりかえしよみがえったが、そのたびに強くなり、切迫さもました。彼なしでどうやって生きていけばいいんだろう？　魔法のことばをいいながら、ふたりが砂を味わったあの日、離陸のあとでなにが起ころうとも、命をかけて心に誓ったことはわかっていた。その気持ちは何日もつづいたので、ついに彼女はなにをしなければならないか気がついた。

「ハンク、わたしたち精子バンクに行くべきだと思うの」彼女は彼の腕に抱えられるようにして横たわっていたので、彼がそのことばに緊張するのが感じられた。

「ばかなことをいうものじゃない、コニー。ふたりとも選ばれるか、ふたりとも選ばれないかのどちらかだ。いずれにしても、時間はたっぷりある」

「でも、ハンク……」彼女はいいたいことがとてもたくさんあった。自分のために残ってくれということはできなかった。そのことははじめからわかっていた。そんなことになるくらいなら死ぬつもりだった。ふたりが分かちあってきた夢を、ふたりともあきらめるくらいなら、ひとりだけでもかなえたほうがましだ。最初の四千人から、六百人が選ばれるのだ。そしてもし、彼がそのひとりになったら、どんなことがあってもそれを否定することなどできない。彼女はいった。

「ねえハンク、わかってほしいの、たとえば相続法があるわ。こどもがいなければ、わたしはあなたの銀行預金口座に触れることもできない。それは困窮のたねよ。あそこに預けられている何千ドルものお金と、それがほしくてたまらないのに、ちらっと見ることもできないわたしのことを考えてみて」

彼女はすばやいキスで彼の抗議を封じると、急いでことばをつづけた。「それにあなたそっくりのかわいらしい子どもほど、わたしが思いつけるすべての思い出の品よりもいいんじゃないかなってなんとなく思うの。おまけに、あなたの子どもを妊娠したいと思っているほかのたくさんの女たちのことも考えて。この方法なら関心なさそうに手を振って、彼女たちを診療所に送り込むことだってできるわ」

彼は不快そうで、さらにどんどん不機嫌になっていった。翌日はふたりとも口もきかず、もしゾーリンがその日の午後にたずねてこなければ、離陸の日までそのままだったかもしれない。

「ミセス・クエントン」彼はおだやかにたずねた。「結婚のことをどう思う？」

彼は知っていたのだ。コニーはどうして知っているのかたずねなかった。彼が知っているという事実だけで十分だった。用心深く、彼女はこたえた。「すてきだと思いますわ、ドクター」

「そうだろうね」彼は微笑し、無意識のうちに彼女は防御をいっそう固めた。「しかし、もっと幅広い意味で、一般論として、主観的にではなく、結婚はいかなる機能を満足させると思う？」

「わたしの考えでは」彼女はことばを濁した。「それは関係する夫婦によってちがうと思います。おそらくその答えは結婚している人間の数だけあるでしょう」

「ふむ。それできみたちの結婚は？　すでに満足できる状態にあるものを合法化することによって、なにをなしとげたいと思ったのかな？　結婚したほうが、いっしょに宇宙に行けるチャンスが増すと考えたとか？」

「もちろんちがいます！　それどころか、そのせいで名前のすぐわきに、ものすごく大きな文字でマイナス十ポイントと書きこまれるんじゃないかと心配しています」彼女は叫んだ。「わたしはハンクを愛しているんです、ドクター。おわかりいただけませんか？　わたしは彼を愛していて、彼と結婚したかったんです」

「そして彼のこどもを生みたいと？」

「そうよ！」彼女はむきになって叫んだ。「女として当然の欲望じゃない！　すべての女は愛する人の子を産みたいと思うものじゃないの？」

「だから結婚したいと？」

「わからない！　わからない！」彼女はその質問に反抗をぐっとこらえ、会話はさらに一時間近くもつづいたが、はかばかしい進展はみられなかった。彼女が出ていく前に、すべての男が精子バンクを訪れることを要求されると彼はいった。将来の世代のこどもたちの保護のために。

コニーはとぼとぼと部屋にもどっていった。すっかり気落ちしていたので、炎暑も、永遠に渦巻いて鼻をつまらせ目をひりつかせる砂塵も、意識からすっぽり抜け落ちていた。ハンクは両腕を広げて彼女を待っていた。化粧ダンスに置かれた飲み物はわずかに湯気を立てていた。

「ハンク」彼女はうめくようにいって、彼の胸に顔をうずめ、面接のまとまりのない内容をなにも考えずに口走った。「わたし落とされるわ。まちがいなく。救いようもないほど神経過敏だと思われたにちがいないわ」

「返事がはやすぎるんだよ、ハニー。もっと自分をコントロールする方法を学ばなければ。彼はわざといらだたせて、きみはそれにまんまとひっかかったわけだ。彼らが口にするあらゆることばの背後には、罠がかくされているのではないかと疑うことを学ばないとね」

「やってみるわ、ハンク。約束する。一度と爆発したりしない。ぜったいに」

たしかに彼女はやってみたが、週ごとに緊張がつのっていった。ふたりにとって顔見知りだった人々が姿を消してゆき、いつかまた彼らと出会うことになるのではないかとふたりは思った。そして問題はますます複雑になってゆき、炎暑はいっそう強烈で、時間はさらに長くなった。反応をテストするために、睡眠は数えきれないほど何度も中断された。ふたりがともにすごすもっとも親密な時間は、みつけるのがますます困難になり、そのほとんどが、ただちに学部に出頭せよという、じつに不愉快なメッセージで台無しにされるのだった。

コニーは冷静さと落ち着きを保とうと最大限の努力を払ったが、それでもなお、それから数か月のあいだに何度も完全に感情を爆発させ、一度などはゾーリンの肩に顔をうずめてどうしようもなくすすり泣いてしまい、彼がずっと自分の行動の臨床記録をとっているとわかっているにもかかわらず、泣きやむことができなかった。

そのような最後の数か月間、彼女はハンクを嫉妬したり愛したり憎んだりということをくりかえした。たとえどんなに一生懸命にがんばっても、彼は彼女がなれないものであり、ただ彼だけを理由にして生きていることがわかってきた。彼のためというふりをしながら、心の中ではずっと以前に消されていることも。ハンクはその件について決して語らず、彼のためにコニーは取り繕い、ふたりの会話は二度とふたたび、彼だけが選ばれるという苦しみに満ちた可能性に触れることはなかった。

志願者の数は四千人から二千人へとしだいに減っていった。なにが起きているか、みんなが気づくようになったのは、状況報告会のときに講堂がふいにがらんとしているような気がして、座席の半分以上が空席であるという事実を思い知らされたときだった。補給品はたえまなく運ばれてきて、点検してから船に積み込まれた。時間は最悪で、いまではつねにしつこい敵だった。離陸の予定日がどんどん迫ってくるにつれて。コニーはダイエットしている思春期の少女のようにやせていったが、それは彼女だけでなく、ハンクもフィリスも、ほぼ全員がしだいにやせていった。神経が体表のすぐ近くにあって、いまにも目に見えそうだった。ふと気がつくと、コニーはハンクの姿を追っていたが、きちょうめんに食べ物を噛んだり新しい雑誌をじっくりと眺めたりしているその没頭ぶりは、いつもそうしていたのとおなじなにげない態度だった。

「どうしてハンクはいちども心が折れないの?」彼女は怒りとともに自問した。「どうやったらあんなに冷静で自信たっぷりでいられるの?」しかし彼は変わることなく、彼女の鬱憤はたまっていったが、それは神経過敏とか疲れやすさとか、そういったものに姿を変えていたので、彼は気づきそうになかった。

最後の状況説明がなされるまで、あと数週間の問題だということは、彼らにもわかっていた。人がすわっている席は全体の四分の一以下だった。誇らしい思いで胸がいっぱいになるにつれて、コニーの怒りは消えていった。ハンクはうまくやっているのだ。彼女の心の一部もやり遂げるだろう。彼女は歓喜にひたりながら、つかのま目を閉じて祈りをささげた。どうか自分も行けるのだと信じているふりをしつづけるのに必要な力をあたえてください。この最後の数週間は、彼もわたしを必要としてくれるかもしれない。たとえ以前は必要でなかったとしても。実際、彼女も行けると確信しているからこそ、彼は執拗なほどの冷静さを維持できているのかもしれない。ふと気がつくと、ハンクがひじでそっとつつきながらにやにや笑っていたので、彼女は演台から聞こえてくることばに耳を傾けた。休暇がとれるのだ。二か月間にわたって一日二十四時間、週七日間待機していたあとで、休暇がとれるのだ。

「町に行って、クラブで泳いで、レストランでランチを食べて……それからダンスして……それから……」興奮したように話しながら、彼女は指折り数えはじめた。

「それから馬車を借りて、歴史の教科書からそのまま抜け出したみたいに走らせるんだ」ハンクが笑い返した。

「それから、ティアラからヴェールをはずして、ウェディングドレスを着て、地球スタイルの最後のフォーマルディナーに行くの」

「それから……」

その日は足早にすぎていき、残されたのは心に銘記すべき純粋な喜びのためのつかの間の休憩だけだった。ハンクがどこからかみつけてきた老牝馬はゆっくりと脚を運び、コニーは満足そうにハンクの肩に頭をあずけていた。「一分一秒が最高にすばらしい一日だったわ」彼女は幸福そうにつぶやいた。

「どうしてそういいきれるんだい？」ハンクがあくびした。「ぼくとしては、はたして楽しんでいたんだろうかと自分に問いかけるために時間をかけたことしか思い出せないような気がするんだ」

「それが今日のような一日のすばらしさよ。これから死ぬまで何度も何度も思い出して、そのたびに新しい思い出をみつけだすのよ。ねえハンク」彼女はささやいた。「なにもかもうまくいくような予感がするわ。それは正しさの予感だけど。なにがいいたいかわかる？」

ハンクは彼女の肩をぎゅっと抱きしめて、鼻のてっぺんにキスをした。「ぼくなんかたえずそんな予感がしているよ」

ふたりは最初のチェックポイントに馬を停めて馬車から降りた。馬車を貸してくれた農夫が明日の朝に回収しにくることになっていたのだ。砂漠ははるか前方までどこまでも広がっており、柵に囲まれて定期的に巡回が行われ、重要な地点にはコンクリートの掩蔽壕があって、用心深い月の光を浴びて白く輝き、はるか遠くにはじめて明かりが見えて、それは明るい空の光を反射しており、そこに宿舎があって、宇宙船がたたずんでいて、静かに離陸のときを待っているのだった。

「わが家だ」ハンクがいったが、彼自身は存在することさえ気づいていない心の壁を無意識にはりめぐらせるときにはいつもそうであるように、口調から快活さが消えたような気がした。

コニーは緊張がもどってくるのを感じて、休暇でも厄介な不安という心の痛みを少しも和らげてくれなかったことに気づいた。彼女はため息をついて馬車から降りようとしたが、ふいに自分が転落しかけていて、止めることができないことに気づいた。地面にぶつかるまでのごく短い時間に、靴のかかとが着慣れない丈長のドレスにひっかかったことに気づいて、すぐさま途方もない考えが頭に浮かんだ。「そうか、こんなふうに死ぬ運命だったのね」

どうにかして診療所に運びこまれ、局所麻酔を施されたときには、彼女の心は腕とおなじくらい無感覚になっていた。「折れています」医師はあっさりそういうと、てきぱきと処置を開始して、たちまち彼女の腕はギプスで固定された。コニーは泣くこともできず、ハンクが慰めようとすると、顔をそむけて涙も出ない目で壁をみつめた。

ゾーリンが翌朝の最初の訪問者だった。そして彼の陽気なにやにや笑いのせいで、コニーの自己憐憫は骨折に至る一連の流れすべてに対するやり場のない怒りに変わった。

「軍隊では」とゾーリンがいった。「それはずる休みとよばれている」

「よくまあ、けが人にそんなひどいことばを口にできるわね」コニーは怒りを爆発させた。彼がポケットを探っていたので、反射的にペンをさしだした。「さっさとそこに名前を書けばいいでしょう！　さぞかしうぬぼれてえらくなったような気分なんでしょうね」

うつむいて飾り文字で名前をサインしているゾーリンの冷静沈着な頭にむかって罵声を浴びせているときに、ハンクが入ってきた。「コニー」ハンクはいった。今度ばかりは、その声には絶望的ともとれる響きがあった。「昨夜はひどい目にあったけど、だからといってドクターにやつあたりすることはないだろう」

「うるさい、だまれ！」彼女はハンクにかみつき、ハンクににやにや笑いを浮かべているゾーリンに目を向けることなく、ペンはいらないといった。

「さて、わたしは失礼するから、ふたりで非難の応酬をつづけたまえ」彼は愉快そうにいった。しかし、ドアのところでふたたび立ちどまり、謎めいたことばをつけくわえた。「それでも彼女はペンをさしだしてくれたんだよ、ハンク」

翌日、宇宙船の最初の地上燃焼試験が行われた。せまい無菌ベッドに横たわっていると、建物が振動するのが感じられ、目を閉じると、巨大な宇宙船がひもでつながれた犬のように震えているような気がした。それは自立した宇宙船だった。なにも持ち込まず、なにも持ち出さない。いま乗船するには、まずエアロックに入って船外の空気を船内の空気と入れ替えなければならない。彼女は毎日そのニュースを聞かされた。診療所ですごした一週間で、それまでの四年間すべてより多くの変化がもたらされたような気がした。腕のウレタン処理に必要な手術がすんで、重いギプスは軽量な支持具に交換された。これなら日常生活に支障はないということで、退院を許された。彼女はふたたび宇宙船に乗れると信じているふりをするファンタジーを演じはじめた。ハンクはほんとうに信じているのだろうかと彼女は思った。確信しているようにふるまい、決してぶれることがなく、ほんのわずかでも疑っているそぶりはみせないけれど。

いまふたりは六百人の志願者とともに船内で生活していた。六百人の顔ぶれは決しておなじではなかったが、つねに全搭乗員が乗船した。各部門がそれぞれ数日間にわたって船内業務を体験し、実際の作業を行ったり、食事をしたり、眠ったりして、暇な時間には、実際に宇宙飛行をしているかのように、船の娯楽施設ですごしたりした。だれが最終的にリストから外されるか、いまでは推測することすら不可能だった。全員がプロジェクトに完全に不可欠な人員のようだった。コニーは宇宙船が離陸していった直後の時間について考えないようにした。まだ基地でやるべき仕事があるだろうが、とてもとどまって手伝う心のゆとりがないことはわかっていた。どんなものであれ、仕事ができるようになるには長い時間がかかるだろう。

離陸がいつなのか知らされないことになった。それを聞いて、コニーは信じられない思いで呆然とした。しかし、いっしょにいられる最後の夜を心から期待していた。一生の宝となる思い出がもうひとつ刻まれるのだ。思い描いていたシャンパンと蝋燭の灯りと、ひょっとしたら彼の肩に落とすかもしれない数滴の涙のことはわきに押しやって、ぼんやりしながら持ち場に出頭するためにエアロックをくぐった。眠ってめざめると離陸の轟音が聞こえるかもしれない。もしも最後のキスのチャンスすらあたえてもらえなかったらどうしよう。エアロックでいっしょになったほかの人たちのことは念頭になかった。そして最後の瞬間までいっしょにいられる一秒一秒について考えはじめた。あらゆる瞬間が大切だった。すべてのことばが表面的な意味よりもずっと深い意義をおびるのだ。ひとりですごす一生を満たしてくれる思い出が必要だった。なんとしてもいま彼女がもっているよりもっとたくさんのハンクの思い出が必要だった。

「コニー、ドクター・ゾーリンのもとに出頭しなさい」フィリスに声をかけられたので、彼女はすぐさま向きを変え、船の回廊を診察室に向かった。

「コニー、すわって。ここに」ゾーリンは彼女の正面にすわり、眼鏡をはずして注意深くケースにおさめると、それをポケットにもどした。彼は気持ちよさそうに椅子の背にもたれた。「きみがとても忙しくなる前に話しておきたかったんだ。腕の具合は？」

「良好です。以前とおなじくらいしっかりしています」

「よかった。診療所からの報告どおりだね。コニー」彼はからかうような口調でいった。「どうしてきみが船での立場に自信がないままなのか、ぼくにはずっと謎だった。理由のいくらかはハンクと自分をたえず比べているせいだということはわかっていたが、きみの解釈はまったく誤っている。きみは強くて立ち直りが早い。きみには心配と不安に対する生来のはけ口があって、それを使っている――ときには涙にくれ、怒りもするが、その怒りはすぐにおさまる。きみには論理的に考え、正義を見抜く能力があり、状況がきみの心を乱しても、ひとたび抵抗の意志をかためると、ためらうことなくそれを受け入れる。わからないか、コニー、これらのものは欠点じゃないんだよ？　きみは人とうまくやっていくことができて、たくさんの友達がいて……」

「ドクター・ゾーリン」コニーは息をはずませて口をはさんだ。「わたしは合格だとおっしゃりたいんですか？」

「さっきからそういっているんだが」彼はまじめに答えた。

「ドクター・ゾーリン！　それって……それって……いますぐ抱きつきたいです！」彼女は椅子からぴょんと立ち上がったが、ゾーリンの表情をみてまた腰をおろした。「ほかにも？　なにか？」

「きみは合格だよ、コニー。しかしハンクは不合格だ」

ずっとあとになって、コニーはようやく彼のことばのつづきを思い出した。宇宙船が音もなく無数の星々のあいだを動いていく小さな点になるずっとあとになって。「ハンクはきみとはまったくちがう。彼は脆弱で頑なで柔軟性がない。

彼はときたま失敗するのを受け入れることができないが、人間だからかならず失敗する。彼はきみたちふたりのうちどちらかだけが選ばれるかもしれないという可能性に直面しようとしなかった。彼のような男が感情を爆発させるとどうなると思う？　予測がつかない。推測することしかできない。耐えられなくなる前に圧力を逃がす安全弁がないので、大きな変化が生じてしまうと、それに対してなすすべがないのだ」

強力なエンジンが隔壁ガントリーに挑戦するような怒号をあげると、たちまち猛烈な加速度が全員のからだに襲いかかってきた。座席は自動的に彼らのからだを受けとめてすっぽりとのみこみ、それとともに深い深い眠りがコニーにも訪れたのだった。

（訳・増田まもる）

# この世で一番美しい女

*A Time to Keep*

この世で一番美しい女は穏やかで秘密めいた笑みを浮かべて目覚めた。目を開ける前に、彼が横たわっていた枕を手探りする。彼は去っていた。約束通りにひっそりと。身体を伸ばし、思い出を味わいながらほほえむ。

「信じていなかったんだ」彼はささやいた。「だけど、本当だった。きみはこの世で一番美しい女だ」

彼の手、彼の口づけ……

「ああ」自分の吐息を耳にして身体を起こす。といっても、ひとりきりだったし、誰も聞いてはいなかったけれど。不意に、起きなきゃ、と思った。今日という日を見、今日という日に向かってわたしの姿を見せなければ。頬に触れると、そこが薔薇色に輝いているのがわかったし、もし鏡を覗き込めば、瞳の中には深淵が見えることもわかっていた。楽しげな笑いさざめく瞳は理解を湛えた深い池で、男はレテ川の水に入るようにして忘却に陥るのだ、と彼は昨夜言った。鏡なんて必要ないし、彼の言葉を確かめる必要もない。昨夜彼が気づいたように、わたしの存在すべてが美しいのだから。

起き上がってから、踊るように窓に向かっていく途中で、金色のシフォンの部屋着を取り上げた。「こんにちは、今日」低い声で言いながら、雲のような生地が朝のそよ風にはためき、膨らんで、肌を撫でるのを感じていた。

木々が頭を下げて、恭しく挨拶するのが嬉しくて、目をきらめかせる。

「こんにちは、木立、こんにちは、小鳥たち、こんにちは、世界」と低い声のまま呼びかける。手を差し伸べて震える木々を抱き、全世界を抱擁したい。ひとり笑って、両腕で乳房を抱きしめると、ピルエットで部屋を横切り、淡い金色をしたベッドの上掛けに身を投げ出して、悠々と寝そべった。

しばらくして、頭を上げ、ベッドを見渡す。これは一エーカーの広さがあるかしら？　いつか一エーカーの広さのあるベッドを所有するのだと自分に誓ったのだ。もちろんそうじゃないわ。でも、一エーカーってどれくらいなの？

銀のベルを鳴らすと、音もなくドアが開いてフェリシアが姿を現した。時おり、ドアはベルが鳴り出しもしないうちに開くことがあった。声を持たないことを埋め合わせるために、フェリシアは特殊な感覚、おそらくはテレパシーのようなものを身につけたのかもしれない。フェリシアは口がきけなかった。音を立てる前のベルが聞こえるか、ベルを鳴らそうという考えが聞こえるのだろうか。ムラートにほほえみかけ、しゃべりかける。フェリシアは腕に触れて、そこに青あざがあるのを見つけた。それを隠すつもりはまったくなかったのだ。公爵だったか騎士だったか、もしかしたら王様だったかが、恋人に噛みつかれて首に傷をつけられたという物語があったのを思い出す。彼はその傷跡をどれほど誇りに思ったことだろう。この青あざが消えなければいい、どうにかして保ち、残しておければいいのに。

フェリシアは髪をとかしたり服を用意したりベッドを整えたり、何くれと世話を焼き、無言で朝食へと急き立てられて、食欲が旺盛なことに気づいた。誰かがすでにこんな早い時季にイチゴを見つけていた。でなければ南から輸入されたのだろうか。自分でコーヒーのお代わりを注いで、濃いクリームを足し、しばらくフェリシアの存在を忘れていた。有色人種の少女は再び腕にそっと触れて、その朝重役会議があることを思い出させた。つまり、身なりを整えなければならない。

長袖のドレスには首を横に振った。若々しくて派手で袖無しのものがいい——腕にある二つの青あざを見せびらかせるように。注意深くそのあざを調べながら、心の奥深くでほほえんでいた。フェリシアがお気に入りの黄色いシルクのスワールスカートを手に戻ってくると、今度は身支度に進んで協力した。口紅をつければ、重役たちと対面する支度が調う。そこで、鏡に目をやったが、雲が太陽の面をよぎり、部屋は薄暗くなった。身なりを調べるのを忘れて、代わりに窓に駆け寄った。夜になるまでは雨が降らずにいて、そのあとで豪雨が激しく屋根を叩き、暴風が木の枝を窓に打ちつければいいのに。原始的なお天気ね、と独りごちた。それが今夜に向けた望みだった。前の晩は金色の月が出て、空気は静まり返っていた。だから、今夜は悪天候の方がいい。太陽が姿を現したので、満足して頷いた。雨が降るまでは時間がかかるだろう。

そうして、時間に遅れたせいで、会議は始まっているはずだった。フェリシアの傍らを軽やかに歩みながら、気の毒な娘を相手にとりとめもなくおしゃべりをしたが、少女にできることといえば、頷くかほほえむか、時々腕に触れて、言葉を発するかのように口を開けるかだけだった。といっても、決してそうはしないのだけれど。フェリシアが立ち去ってドアの前にひとり残されると、立ち止まって深呼吸してから混み合った部屋に入っていった。重役会議はいつも緊張する。

趣味の悪いドレスを着た姿をみんながじろじろ見るので、輝くばかりの笑みを浮かべて両手を差し伸べてやった。彼らは嘲笑しなかった。わたしが出て行くか、旅行でもするか、くだらない社交上のつきあいにいそしむか、結婚して子供を産むかしてくれればいいのにと思っているんだわ。長テーブルの上座の椅子に着いてほしくないのよ。わたしにほほえみかけて手に口づけし、一緒に会議に出席していることを喜んでいるふりをしなければならないから。ひとりが青あざを目に留めると、興奮したざわめきが起こった。医師が呼ばれた。医師が素早く動くひんやりした指で腕を診察している間、頭を高く上げていた。彼は三つの青あざにコットンの切れ端で何かをすり込み、それは彼の指よりもひんやりしていた。頭を高く上げたまま、見下すように顔を背け、あざについては何も言わなかった。それから席につくと、会議が始まった。

退屈のあまりぼんやりしてしまい、単調な話し声に注意を集中できなかった。埃の微粒子を浮かび上がらせる日の光にふと気を引かれて、その渦を見つめ、埃の一粒がぐるぐる回りながら視界から消えるのに、どれくらいかかるのか数えてみた。九まで数えたところで、その埃は見えなくなった。声は続いていて、近頃では興味を持っているふりさえできなくなった事業について話していた。くつろいで椅子に寄りかかり、考え事をしているかのように目を閉じた。時々、誰かが直接話しかけてきて、自分が物静かに、もっともらしく返事をするのが聞こえたが、そこにはいなかった。彼らは会社が手がけている新企画について討論していた。それは業界に革命をもたらすはずだった。予備調査では期待外れだったが、彼らは希望を抱いていた。前にうんざりするほど何度もそれを聞いたわ。遅かれ早かれ、それはうまく行き、彼らはみなお金を儲け、新聞や雑誌に写真が載り、それから新しい企画に夢中になって、古いものは忘れられる。昨日の成功は、今日の忘れられた玩具なのよ。その文句が気に入って、心のうちで笑い、夜になったら彼にも教えてあげられるように覚えておこう、と自分に言い聞かせた。

承認してくださいと頼まれて、投げやりな態度でそれに応じると、あとに続く質疑応答の時間には目を開けようともしなかった。それでは写真を撮りましょう、と誰かが言ったので、あくびが出た。さらにもう一度。この世で一番美しい女なんかでなければよかった、と思ってしまいそうになった。わたしがいつその称号を受け入れることになったのかは思い出せないけれど、いつだったか、それを提案されたときには笑って退けなかっただけのこと。だったら、その時には真実だったのか、おそらく始めは真実だったのだろうし、彼らの多くがどう考えていたって、実際のところは大した問題ではないのはわかっていた。わたしの本当の美しさは、驚くことに、わたし自身の奥深くにあって、彼らには見えず写真にも撮れず、自分さえ知ってれば、他人には関係のないことなのだから。

みんなは写真家のスタジオへ行き、その道の大家である写真家はわたしと同じようにすべてにうんざりした様子で、このポーズやあのポーズを取るようにと指図しながら、カメラやライトを操作した。写真のためにポーズを取り、望み通りに馬鹿げた帽子をかぶり、レポーターたちがしつこく尋ねる馬鹿げた質問に答えた。質問のいくつかは無礼だったが、気のきいたユーモアとけだるげな態度を保ち続け、そのすべてに礼儀正しく対応した。彼らの顔をちらりと見ると称賛の色が浮かんでおり、このラウンドに勝ったのがわかった。こうした会合は同じ試合がずっと続いているようなもので、こちらがポーズを取るたびラウンドの区切りがつけられ、質問ではなく写真家に注意を向けて無防備になっている隙を狙おうとするかのようだった。これまでのところ、わたしはうまくやっている。美容師が髪を元通りにし、会合は終わった。カメラは片づけられ、ライトは暗くなり、レポーターたちは去り、声をひそめて言葉をかわしながら重役たちも去った。疲れきっていて、昼寝をしたくてたまらなかった。

フェリシアがやってくると、その開けっぴろげなアイルランド人風の顔立ちにこめられた気遣いといたわりに安らぎを覚えた。あやされるように部屋に連れ戻されて、しばらくの間、横になって休んだ。ビジネスはくたびれるわ、と部屋を整えている少女にこぼした。フェリシアが慰めるようなことを言ってくれたので、うとうととまどろんだ。目が覚めたとき、部屋の中は暗くなっていて、もう夜になったのかしらと思った。疲れが残っていたし、落ち着かなく寝返りを打っていて、もう一度眠ろうとすると、白い衣装が肌を引っかき、ごわごわする感じがした。ひどく喉が渇いていて、狭いベッド越しに手を伸ばしたが、スタンドの上に水はなかった。ため息をついて起き上がると、水差しの置いてあるドレッサーのところまで歩いていった。水のグラスを手に、ほの暗い鏡の面に視線を上げる。そして、息が詰まったような悲鳴を上げて、グラスを力いっぱい鏡にたたきつけた。よろよろとベッドに戻って身を投げ出し、震える身体に布団を引っぱり上げる間もなく眠りに引きずり込まれていった。

再び目覚めたときには疲れ果てていたことをおぼろげに意識していた。あたりをうろついているフェリシアに言う。「あなたがわたしに話しかけている夢まで見たのよ。あら、ごめんなさい」

自分の思いやりのなさを後悔してすぐに付け加える。フェリシアが口を開けたので、顔を背けなければならなかった。少女が無理に話そうとするのがつらかった。フェリシアに起こされ、ほとんど追い立てられるようにして、またしても忌まわしい会議のために身支度をさせられた。なぜ、よりもよって今、こんな大変な思いをしているときに、こんな大変な目に遭わなければならないのだろう。昨夜、彼は来てくれず、ついに夜が明けて空に光の筋が広がると望みは絶え、頬を涙で濡らしながら眠りに落ちることになったのだ。彼が怪我をしたのではないか、そして、どこか誰も知らず誰にも助けられない場所で、傷ついて倒れているのではないか、と心配で気が気ではなかった。おとなしくフェリシアに身支度を手伝わせ、その日のドレスが長袖か短い袖かも気にかけなかった。彼につけられたあざは薄れかけていたが、手首がひりひりと痛んだ。ぼんやりとそこをこすりながら、そのあざをどんな冗談の種にするつもりだったのかも思い出せずにいた。ブレスレットがきつすぎた、だったかしら？　ここ数日が混乱し、まるでぐっすり眠っていて、時おり半睡半醒の状態になっていただけのようだった。困惑を覚えた。夢の中で鏡を壊したことが頭に浮かび、部屋の向かい側から振り返って目をやった。鏡は無傷のままだった。大きく絢爛豪華で黄金の枠に納まった年代物のバロック調の鏡には、多くの寝室を合わせたよりも広々とした金色のベッドと、フランス窓で揺れる絹のカーテンと、雲のように柔らかい象牙色の絨毯が映し出されていた。一歩進み出て、自分の鏡像をすばやくとらえようとしたが、部屋が暗すぎてはっきり姿を見ることはできなかったし、その朝は本気になって意識を集中できなかった。美しさに変わりがないのはわかっていた。瑕はただ心の内だけにあった。朝食のトレイには手をつけなかったが、今朝はイチゴがないことには気づいていて、昨日あれがそこにあるように手配したのは彼だったのかしらと思っていた。昨日？

定かではなかった。たぶん、もっと前なのだ。病気だったことを覚えているような気がするし、一度か二度は医者が呼ばれたようだ。袖をまくり上げてあざを調べると、三つのあざは薄れ、ほとんど消えかけていた。それを見つめながら、あざが薄くなるのにそんなに何日もかかるものなのかと訝った。それとも、記憶が間違っているのだろうか。あざはいつでも手首にあったのだろうか。

フェリシアにドアまで引っぱっていかれたので、肩をすくめて、その考えを押しやった。大した問題ではない。戸口で、もう一度振り返って部屋を調べながら何かを探し求めた……何を探しているのかはわからなかった。部屋はいつも通り、豪華で趣味がよく、高価な衣装が散らばり、上品な香水の香りが漂い……当惑した眼差しをフェリシアに向けた瞬間、何か別のものがちらりと目に入ったような気がした。頑丈で、みすぼらしく、がらんとした、簡易寝台のある白い小部屋……身震いしてから、身ぎれいで小柄なイタリア人のあとを急ぎ足で追った。それとも、アイルランド人だったのだろうか。わからない。

会議はこの前よりももっと退屈で、もっと多くの写真を撮らなければならず、もっと多くのレポーターに答えなければならなかった。もっと写真を撮るのはしばらく渋ったのだが、重役たちが強引にスタジオに連れて行った。今回は無愛想に質問に応じ、おかしな小さい帽子がきつすぎるのと、だんだん不快になっていくぎこちないポーズのせいで、頭がひどく痛み出していた。不快感に耐えかねて、目を閉じたままになり、誰かが額と目を布で覆ってくれたのがありがたかった。彼らは消えかけたあざをまた見とがめて手当てをした。今回は、医者にそのあざはどうしたのかと尋ねられると口を開き、自分自身の声の哀れっぽい調子に気づき、我ながら驚いたことには、不意に泣きじゃくりながら恋人がいなくなったことを訴えていた。重役たちはその場にいなかったが、何の問題もなかった。医師は信頼を尊重しなければならない。彼がそう約束したので、泣くのをやめた。

写真撮影の間ほとんど、こちらに聞こえないよう陰に隠れて、重役たちは会社が手がけている新企画のことを話し続けていた。彼らの会話が断片的に耳に入ってきた。

「……根本的に違う。ほとんど即座に改善され、現状に取って代わる前に、六日間にわたる改善が続く」

「強化した処理法で改善は着実なものになる。作業を拡大できるし、週ごとの処理の数を増やせば……」

「……実際に有望な処理は初めて……単なる一時的な緩和ではなく、事実上の回復を示す……」

その話にうんざりして、注意をそらした。頭痛がいっそうひどくなり、唇からうめき声が漏れた。医師が即座にやってきて手を取り、冷たくしっかりした指で手首を掴んだ。レポーターたちは質問をやめたが、驚いたことに、ずっと彼らの質問に答えていたのだと気づいた。といっても、彼らの質問ばかりか、自分の答えさえもまったく覚えていなかった。医師はもう十分だからと言って、頭痛に効くものをくれた。

その後に続く期間には、病気と長く引き延ばされた眠りをもたらす投薬と夢うつつと治療と身体の上に置かれた手といくつもの声があって……だが、ほとんどは薬物による無感覚の眠りに占められていた。

マーガレット・レスターは冷酷な付添婦が騒々しく部屋に入ってくる音で目を覚ました。愚鈍な女のがさつな手に怯えて狭いベッドの上で身をこわばらせる。「目は覚めてるわ」ときっぱり言った。「自分で起きられるから」

「お好きなように、レスターさん」と女は聞き取りにくい早口で言った。「先生が三十分ほどしたらオフィスでお会いしたいそうですよ。支度できますかね」

「ええ」マーガレットは女から目を離さないようにしながら答えた。

付添婦は肩をすくめて去って行き、マーガレットは鍵がかかる音を耳にして身震いした。まるで動物みたい。付添婦が――「手助け」しに戻ってくるのを恐れて、素早く起き上がった。ドレッサーの上の小さな鏡は見ずに、ブラシで髪をとかしながら、窓の外、スチールの網目の向こうに広がる寒々とした二月の景色を見つめていた。覚えている限り、今までで一番長い冬、終わりのない冬に思える。この小さな部屋で初めて目を覚ました時のことを考えまいとする。思い出そうとすると頭痛がぶり返した。秋を、その前の夏を思い出そうとすると……窓辺に立って、激しく頭を振った。何であれ自分にはわからないことを考える気はなかった。あとで、この場所から、わたしをこれほど憎む恐ろしい女から、彼らにされたことから逃れたあとで、思い出そうとするだろう。今はわからないし、それはどうでもいいことなのだ。

わかっているのは、ドレッサーの上の鏡を見てはならないことだ。髪をとかし終わり、簡素な青のテイラードドレスを急いで身につけた。身体がひりひりと痛み、両腕がいくつものあざに覆われているのを見てうろたえ、さらに背中にも両脚にもあざができているのが感じられる。わたしは年を取って疲れているのだ。口もきけないほど疲れ、言葉にできないほど疲れている。支度ができると、ドアのそばに立って、無神経で不器用な手をした大女を部屋に入って来させまいとした。時々、十分に素早く十分に注意深ければ、ほとんど触れられずに済むこともあるのだ。

「支度はできましたか」付添婦はそう聞いてドアを開けた。

「ええ」

「じゃあ来てください」女はマーガレットの腕をつかみ、その手を振りほどこうとすると、荒々しい力のこもった指がさらに深くきつく食い込んで肉を締めつけた。ひりひりする痕が残り、そのあざは残酷な手から逃れる前に青くなりかけていた。マーガレットは素早く動いて、女と歩調を合わせた。

医師の部屋のドアの前で二人は立ち止まり、マーガレットは深呼吸して落ち着こうとした。彼が何を言わせたがっているのかを理解するのは、いつもつらく大変で、自分の答えが間違っているのがわかっても、何が正しいのかはわからない。付添婦が再び腕を強く引っぱったので、歩き出して、オフィスに入っていった。

「おはよう、マーガレット」スポールディング医師は温かく言った。冷たい手でほんの少しの間、手を取ってから、デスクの傍らにある柔らかなリクライニングチェアに座らせた。

「今朝の気分はどうかね？」

「元気ですわ」口が渇き、両手を膝の上で握りしめていた。付添婦のことやひりひりと痛む腕のことで不平をこぼしたかったが、彼は今朝のわたしを扱いにくくなっているのだと思うかもしれない。もし、扱いにくくなったら、その――ための部屋がある。心は虚ろで、押し寄せる恐怖に呑み込まれて、イメージも言葉もなにひとつ浮かんでこなかった。

「確かに元気そうだ」スポールディング医師は言った。彼は椅子を回転させて、窓から外が見えるようにした。「先週、話し始めた思い出話を最後まで続けたいかね。きみが七歳の時……」

ここが耐えられないところなのだ。必死になってその話を思い出そうとしたものの、何も浮かんでこない。でも、あるはずなのよ！　先生に何かを話せば、先生がその意味を教えてくれて、それから、さっさと家に帰してもらえるんだから。口いっぱいに綿が詰め込まれているかのように感じながら、先生は作り話を見抜いているのかしらと疑った。「わたしが二年生のときでした」とためらいがちに言う。「学校が嫌いで……」混乱して話をやめた。彼はこちらに向き直り、優しく見つめている。

「思い出せないんだね」と彼は訊いた。

マーガレットは首を横に振った。

「わかった。じゃあ、他の話をしよう。昨夜、夢を見たかね」また首を横に振ると、彼は頷いた。無理にでも夢をでっち上げようと口を開いたが、医師は言った。「気にしなくていいよ、マーガレット。きみにプレゼントをあげたいんだ。ポーチを買ったんだよ。青いのを。櫛が中に入っている。

口紅とコンパクトも。わたしのために口紅をつけてくれないかね」

　ポーチに触れてみて、青い革の柔らかさが気に入った。窓から差し込む光を受けて、ポーチは鈍い輝きを放っている。しかし、マーガレットはそれを手に取らなかった。

「いいんだよ」医師は言った。「きみのものなんだから」

　それでも手に取ろうとしなかった。指先が柔らかな革の折り目をなぞった。「とてもきれいね」彼は頷き、その反応に満足げだった。ポーチを見ながら、マーガレットは言った。「もうじき家に帰れるのよね」

　彼は再び頷いた。「もう少しで退院できる状態だと思うよ。ここ二か月で、きみはめざましい回復を遂げた。しばらくは週に一度、通ってもらうことになるだろうけどね」

　ぎくりとしたが、彼は優しく言った。「話をするんだよ、この何週間かと同じようにね。かまわないだろ」

　彼の視線が感じられ、片手をポーチから引き戻すと、もう片方の手を膝の上で握りしめたままなのに気づいた。「ええ、かまわないわ」

「きみの口紅を出してあげよう」スポールディング医師は言った。

　彼はポーチの中をかき回して口紅と鈍い金色のコンパクトを引っぱり出した。自分の中心で何かがかたく縮こまるのが感じられ、それから、遠くの静寂が次第次第に近づいてきて、耳の真後ろが真空になったような気がした。彼はデスクの上に口紅を置いてから、横にコンパクトを置いたが、その蓋は開いていて、天井に取りつけられた電球の光が小さな丸い鏡の中で満月のように反射していた。鏡は後ろ向きに傾いていたので、重みでコンパクトは後方にひっくり返り、月は弧を描きながら下りてきて沈んだ。彼はコンパクトを置き直すと、こちらへそっと押しやった。鏡は赤い装幀の本を並べた書棚を映し出した。またテストだわ。いいえ、もしかしたら、これこそが本当のテストなのかも。

「マーガレット、美について話をした日のことを覚えてるかい。そして、美的感覚の重要な部分はきみ自身の心の中にあるんだということを」

黙って頷く。静寂が触れてきて、また引っ込んだ。

わたしはひとりぼっちだわ、とはっきりと思い知った。それに、世界中の誰からも顧みられないのよ。わたしは醜いし、誰もわたしなんか見たくないのよ。わたしは年を取っていて疲れているし、年を取って疲れて醜いことが罪悪になる、こんな世界が好きじゃない……嵐の前に高まる波のように静寂がやってきて、押し寄せる波頭はその前のものよりも高く大きくなっていった。波の谷間にはまだ彼の声が届いていたが、谷間は次第に間が遠くなっていき、言葉はばらばらにほどけて意味を失ってしまった。「……うまくいく……素晴らしい回復……外来患者として……口紅……」

コンパクトに目をすえたまま、彼が口紅を手にとるのを眺め、自分の指がそれを受け取るのを眺めた。醜い指が滑らかな筒を操り、蓋を開けて回し、一センチほど口紅を出すのが見えた。またテストなんだと考えるのよ。コンパクトを取って口紅をつけるの。お利口ないい子になれば、家に帰してもらえるわ。この場所から、ひどい扱いをするあの女から、あの——部屋から逃れて。

指を見ちゃだめよ。どんなふうに見えるかなんてどうでもいいんだから。家に帰りさえすれば、二度と見なくてすむんだから……家に帰りさえすれば……ただのテストなのよ！　馬鹿みたいなテストなの。

手の中には口紅があったが、指はそれを感じられない。生まれてからずっと、わたしが近づこうとするたびに、誰もが顔を背けた。ひそひそとささやくか……こっそり笑うか、しかめ面をして。醜さ、罪深い醜さだなんて。なぜ、それが罪悪なの？　そして、今は醜いうえに頭がおかしいと言うんだわ！　あの人たちはわたしを恐れてさえいるのかもしれない。醜さは邪悪なのよ……魔女は醜いわ、そして悪魔も。狂気も邪悪で……そんなことはどうでもいい。わたしは他人と関わらずに自分のアパートで、安全に、誰からも傷つけられることなく過ごせるんだから。まずはテストがあって、それから家に帰れるの。

口紅を掴んでから、小さな丸い鏡のついたコンパクトに手を伸ばした。静寂の波が引いていくと、声が聞こえた。「……明日は髪をセットして、それから新しい服を……」波が高まって砕け、次の谷が訪れるまでには長い間があった。耳に届く彼の声には不安？……の気配があった。「……じゃあ、今は休みなさい。今口紅をつける必要はないんだよ……昼寝をして……」

でも、やらなきゃならないのよ！　このテストに合格して、家へ帰らなきゃ。

もはや感覚のなくなった指がコンパクトを掴んでいた。鏡の中に書棚がいきなり現れたかと思うと、濃くて深いドアの茶色に取って代わった。鏡が傾いて天井の広がりがとらえられ、そして電球の月が震えながら白い空を背景にしてぐらぐらと揺れ動いていた。それからもっと動きが速くなり、再びドアが、書棚が、どこからか掛け時計が現れ、月が、ドアが、書棚が、月が……速くどんどん速くなり……震え、揺れ動く像が次々と移り変わり……彼の手が伸ばされ……ひとつの顔が浮かんで。力いっぱいコンパクトを投げつけるとすべてが止まった。それがぶつかるか砕けるかする音は聞こえなかった。
次に来たのは波ではなく、高く高くなっていく潮で、その虚無の中には何も存在していなかった。

この世で一番美しい女は穏やかで秘密めいた笑みを浮かべて目覚めた。久しぶりに彼が横たわった金色のサテンの枕に軽く触れて、いっそう笑みを深くした。彼が戻ってきてくれることはわかっていたし、二度とわたしの元を去ることがないのもわかっている。身体中を手で探ってみて、美しさが深まったこと、その美が全存在からあふれ出していること、彼がそのすべてを目の当たりにしたことを知った。ただ戯れや情熱のせいで、あざができていた。そのひとつひとつに触れては、呼び起こされる記憶を楽しんだ。新たな興奮がわき起こってきて、再び喜びを抑えられるようになるまで、しばらくの間、息をとめ、目を閉じていた。その喜びは瞳の中に浮かび、それを輝かせた。嬉しさに笑みがこぼれ、勝ち誇った低い笑いが喉を震わせつつ、時おり泡のように表面に浮かび上がってきた。わたしは噴水が水音を隠せないように自分の喜びを隠すことはできないだろう。歌いながら、上掛けを投げ捨てて、踊るように窓へ近づいていった。今日という日を見、今日という日に自分を見せるために。「わたしは綺麗《アイム・プリティー》、おお《オー》、こんなに綺麗《ソー・プリティー》……」

（訳・伊東麻紀）

# エイプリルフールよ、いつまでも

*April Fool's Day Forever*

三月も最後の日、猛吹雪《ブリザード》がグレートレークス南部を襲い、ニューヨークやペンシルバニア西部へとひろがり、時速七十マイルの強風が都市部を吹き荒れ、毎時一インチ半の勢いで雪が降った。都市部の辺縁から四十マイル離れた場所にある、ハドソン川を見下ろす家の大きな窓越しにそのようすを見つめながら、今夜、マーティは帰ってこられそうにないなとジュリアは考えた。猛吹雪があっというまに景色を真っ白に変え、古い家屋を揺さぶりきしませる風はとても激しく凍てつくようだ。考えごとをしながら、窓敷居をぽんと叩いた。「まあ、いいわ。吹雪もすぐにやむだろうし、明日は四月だから、三、四週間のうちにはラッパスイセンを植えることになるでしょう」家がさらに大きくきしみ、窓際はセーター無しではいられないほど冷え込んできた。

地下室に通じる出入り口のそばの暖房の具合を確認しようと、耳をそばだてる。何も聞こえなければ、問題はない。雑音が響き断続的に物音がするようなら、用心のためにミスター・ランパートに電話をして、雪に閉じ込められるまえに来てもらわないと。でも、何も聞こえない。つぎに、居間の薪の量を確認する。どう見ても充分とはいえない。オークの大きな丸太が三本に、松の枝が二本。しぶしぶパーカーを着てブーツを履き、いまでは貯蔵室、物置、ガレージ、さらに工房として使っている古い納屋のそばに積んである、薪の山へと向かった。灰色の石と屋根板でできた納屋に橇《そり》が立てかけてあったので、彼女はそれをどかしてから薪をまとめはじめた。薪をめいっぱい小脇に抱えると、反対の手で納屋の壁を確認しながら歩き出し、さらに、三年前の夏にマーティと二人で庭を横切る天然の小川に沿ってめぐらせた、網状のフェンスに沿って家へと向かう。フェンスに沿って進むと遠まわりになるけれども、先が見通せない吹雪のなかを家へとまっすぐ突っ切るよりは安全だ。屋内にもどると、凍てつくような寒さが襲ってきた。表示台にはまっている温度計は氷点下までは下がっていないものの、寒風が吹き荒れているなかでは、零下十度や二十度になっているとしか思えないほどに寒い。土間に立ち、ほかに何をすればいいのかを考えた。自分の車はガレージに入れてある。マーティの車は駅だ。手紙はどうだろう。郵便箱まで行って、取ってきたほうがいいだろうか？　いまは必要ない。手紙があるかどうか以前に、郵便局員はまだ来ていないはず。いつも手紙があるときは、それを伝えようとミスター・プロブストが口笛を吹いて教えてくれるのに、まだ聴いていないから。かさばる衣類を片づけて、防風用小窓が閉まっているかどうかを確かめながら家じゅうの窓を見てまわった。三週間前に春めいたため、こんなふうに気候がまた急変する直前に窓を開け放し、さらに掃除までしたからだ。戸締りに問題はなかった。

マーティに電話をかけたかったけれども、それができない。彼の上司は仕事中の私用電話を禁止していたからだ。ヒラリー・ボイルを小声で罵ると、マーティから電話がかかってくるのを待った。機会があれば、かけてくれるでしょう。ほかに用事がないとわかると、一本の丸太がじわじわと燃えている居間に腰を下ろした。部屋の照明はつけず、嵐のせいで空は真っ暗だ。大きな暖炉のなかの小さな炎が愉しげに輝き、その手前にある座卓の陶器と真鍮のカップを照らしている。居間は異様に細長い長方形で、天井もやけに高かった。だだっ広い居間のなかに板を組んで、暖炉を向くように小部屋が設けてある。そこには、くつろげるようにと二脚の椅子と二人用のソファーを据えてある。それらは派手でなおかつ落ち着いた雰囲気の、秋の森を連想させる色彩でまとめてあった。ソファーには橙色と真紅の縞模様の掛布をひろげ、おそろいの枕もある。椅子は錆色。絨毯は森林のような緑色。座卓に真鍮のカップを置いてざっと見渡したとき、この居間は素敵な家のイメージからはかけはなれているなと感じたものの、自分はここが大好きだったし、マーティもお気に入りだった。それに、長いあいだ寛ぐのが苦手なひとも、居間のなかのこの小部屋でのびのびとしているようだ。そのあと、音が聞こえた。

強風が吹くときに古い家屋につきものの、赤ん坊の悲しそうな泣き声を連想させる音だった。北西の風は時速三十マイルを超えたところ。二人でこの風音の原因になる隙間を探し、もうひとつも残っていないと確信するまでそれらを埋めて、塗りつぶして、塞いだというのに、まだどこかに残っているため、ふたたび赤ん坊の泣き声が聞こえている。

物音を気にしちゃだめ、考えないようにしよう。あの泣き声を初めて耳にしたときのことを思い出さないようにしようと、ジュリアは炎を見つめた。でも、炎をじっと見つめていても目のまえに赤ん坊の姿がくっきりと浮かび上がってくる。子供をうしなった月に、泣き声で夢から急に醒めたことがあった。目醒めたあとでスリッパを探り、急いでローブを羽織ると、ベッドから抜け出した。子供部屋へと廊下を駆け抜け、躊躇しながらドアの前で立ち止まった。片手でぺしゃんこの腹をさすり、反対の手を握りしめて血の味がするまで噛んだ。赤ん坊の泣き声がまだ聞こえている。ジュリアは首をふり、ドアノブに手をのばしてまわすと、ドアが音もなくゆっくりと開いた。

部屋は真っ暗だった。入るのが怖くて、戸口でたじろぐ。ふたたび泣き声がした。そこでドアを大きく開くと、廊下の明かりが空っぽの子供部屋をぱっと照らした。彼女は意識をうしなった。

数時間後に意識を取りもどすと、黄色い壁からの反射光が剥き出しの床を灰色に照らしていた。痛み、冷え、ふるえる身体を起こした。わたしは夢遊病なの？ いまのは鮮やかな夢と夢遊病のせい？ 耳をすます。いつもの夜の軋む音を除けば、家はしんと静まっている。ベッドにもどった。彼女がマーティの温かな身体に身を寄せると、相手は寝ぼけたまま嫌がったけれども、やがてジュリアにぴったり寄り添い、片腕をまわしてくれた。翌日、ジュリアは彼に夢のことを打ち明けなかった。


それから六ヶ月後、ふたたび赤ん坊の泣き声を耳にした。そのときジュリアは家に独りぼっちで、家事に忙殺されながらも幸せといっていい満ち足りた日の夕方を迎えているところだった。いままで、友達のフィリス・ゴヴァーンと一緒に木の実を集めていたのだ。二人で遅めのランチを摂ると、午後四時近くになっていたのでフィリスは急いで帰っていった。そして暮れるまえに、嵐を感じさせる風が吹きはじめた。三十分あまり、ジュリアは雲を見つめていた。

干し草を収納しなくなってから十五年から二十年はたっているのにいまだに香りがただよう納屋の、二階にある自分の工房に彼女はいた。香りは自分の想像の産物だとはわかっていても、干し草の匂いや一階にいた家畜たちの温もりを思い描くのは悪くない。妊娠後期に入り、一階から二階の部屋へと繋がるバルコニーへと上がるための狭く急な梯子を登るのが難しくなったころから、もう一年あまり、この工房で作業をしていない。大きな工房の整理にはまだ手をつけてはいないけれど、ここにいるだけで気分がいい。北西から雲がせまってくる様子を見つめていると、不意に粘土が欲しくなった。また粘土をこねるのは、良いものだろうな。わずかながらでもクリスマスのプレゼントを作ることができるかも。久しぶりに作業をやれるよう元気になったとみんなに知らせることのできる、ささやかでも愉快な品を。以前、取り寄せたままになっているいくつもの大きな花崗岩にちらっと目をやる。でも、まだだめ。本格的な品は無理よ。気楽で簡単な品からはじめたほうがいい。

考え込みながら工房を出ると、台所の電話に向かい、市街にある業者に連絡を取ろうとした。そして相手が出るのを待っているとき、聞こえた。あの悲しそうな赤ん坊の声だわ、と思って電話を切る。廊下へつづくドアへと歩きかけるまで、自分が何をしているのかわからなかった。急にひどく怖くなり、足を止める。このあいだと同じだけれど、いまは意識がはっきりしている。そっとドアに手を触れ、ほんの少しだけ押し開けた。大きくはないが穏やかでもない泣き声が、やはり聞こえている。音のするほうへとゆっくりと階段を上がり、廊下を進み、空っぽの子供部屋に入った。まちがいなくここから響いてくると確信していたのに、来てみると自分の部屋から聞こえているようだった。廊下に出て、マーティンと二人で使っている部屋へと入った。ところが、泣き声は別の寝室から聞こえているみたいだ。階段の上り口でしばらく立ち尽くしてから、一階に駆け下りてマーティンに電話をかけた。両手がひどくふるえていたので、彼に繋がるまでに二度失敗した。

電話のあとで、ジュリアは彼にどう説明すればいいのかわからなかった。一時間あとに自宅に帰りついたマーティンは、台所のテーブルで蒼白な顔で恐れおののいている彼女を見つけた。

「わたし、疲れていたの」ジュリアは淡々と説明した。「こういうことは子供を亡くした女性にありがちだって知っているけど、最悪の状況はもう乗り越えたと思っていたのよ。でも、一ヶ月前にも泣き声を耳にしたの」彼女はまっすぐにまえを見つめた。「お医者さんたちは、しばらく入院してようすを見たほうがいいと言うかもしれない。荷物の準備をしたほうがいいのかもしれない、でも……マーティ、あなたはわたしを病院なんかに入れたりしないでしょ？　どうすればいいと思う、マーティ？」

「なあ、落ち着いてくれ。いいね？」マーティはじっと耳をすませていた。彼の顔も真っ白だ。彼はゆっくりとドアを開け、廊下に出て、階段の上へと目を向けた。

「あなたも聞こえる？」

「うん。ここにいてくれ」彼は二階に上がった。もどってきたときも顔は蒼白だったが、納得したような表情をうかべていた。「その、ぼくにも聞こえたところからすると、なにかが物音をたてているようだ。きみの気のせいじゃないよ。本当に音がしていて、よりによってそれが赤ん坊の泣き声にそっくりなんだ」

ジュリアは暖炉の炎を大きくすると、ステレオにたくさんのレコードを積み上げて、大音響でかけはじめた。家じゅうの照明をともし、ヒラリー・ボイルのニュース番組の時間を忘れないよう目覚まし時計をセットした。いままで油断したことはないものの、物事には何でも例外がついてまわるし、結局、マーティの帰りが遅くなりそうなこんな夜ともなれば用心するに越したことはない。午後四時三十分。彼が帰途に就ける状況なら、一時間のうちに職場を出て、五時三十七分には電車に乗り、六時四十五分には家に着く。コーヒーを淹れて、受話器をはずして電話が断線していないか確認した。問題はなさそうだ。ステレオの大音響が家にあふれ、床を揺らし、窓をふるわせていても、いまだに赤ん坊の泣き声が聞こえている。

　屋外へと目を向けたものの、風に舞う雪で何も見えない。私道やガレージ、そして玄関から納屋までの道や裏口と玄関の照明や、庭に四つだけならべただけで残りが未完成のままの花崗岩に備えたスポットライトのスイッチを入れた。一時的に風がやんだときに、花崗岩のブロックがちらっと見えた。まるでうずくまった番人のようだ。

　コーヒーを持ってステレオが大音響で鳴っている居間にもどり、二人して十四インチの厚さに切った大きな桜材のテーブルのそばの床にすわり込んだ。自分のスケッチブックがそこにひろげてある。表になったページをちらりと見て、スケッチブックのまんなかを開き、何も考えずに落書きをはじめた。レコードを替えた。庭を強風が吹き抜けている。赤ん坊の泣き声が聞こえる。自分が書いているものにふと目をやり、胸のなかに冷たい恐怖が湧きあがった。〝人殺したち《マーダーズ》〟と何度も書いてある。〝あなたが、わたしの赤ちゃんを殺したのよ。人殺したち〟と。

　一時間もたたないうちに、マーティ・セアは交換手に三度目の問い合わせをした。「まだ、電話回線は復旧しないのかい？」

「もういちど確認してみますね、ミスター・セア」受話器の奥でノイズが響き、静かになり、ふたたび相手の声がした。「すみません。まだ復旧していないようです」

「わかった。ありがとう」マーティは鉛筆を噛み、デスクの上の写真にそっとつぶやいた。金髪で、スマートで、目がぱっちりとして、角張った顎をした、ジュリア。きみはとっても綺麗だよ。スマートで細面なだけに、繊細な身体の線がくっきりと目立っている。ぼくはというと、ただ彫りが深い顔をして、痩せているだけだ。「なあ、あの音を気にしちゃだめだ。音楽をがんがん鳴らすといい。いられるものなら、きみのそばにいたい、この気持ちはわかってくれているよね」電話が鳴ったので、受話器を取った。

「ブリザードに関する資料が入りました、ミスター・セア。さらに、ミスター・ボイルが農業販売促進局のドクター・ヒューリットと、アメリカ航空宇宙局《NASA》の気象衛星の専門家の一人、ドクター・ウィクリフに話を聞いたインタビューも届きました。ほかになにかご用はありませんか？」

「いまのところはないな、サンディ。待機していてくれ。いいかい？」

「もちろんです」

彼はデスク上のモニターに向きなおり、スイッチを入れた。それからの三十分間で、記録を取り、インタビューを編集し、今夜十時放送予定の特別番組用の十五分の素材をまとめた。午後七時、ボイルが素材を用意しろと連絡してきた。

部屋には四人のメンバーが集まった。科学部門の担当を務めるマーティ。政治部門のニュースの専門家だったデニス・コルチャック。番組の美術監督のデイヴィッド・ウェデキント。この冬、地球全体に問題を投げかけている異常気象にまつわる一時間番組について三人が話し合っているなか、ヒラリー・ボイルは部屋を行ったり来たりしていた。ボイルは身長が六フィート以上もある大柄な男で、三百ポンドもある贅肉のないがっしりした体格の持ち主だ。彼はヘビースモーカーで、神経質なところがある。時間に関しては一部の隙もない。だから番組中にトラブルを起こしたことがない。今年度まで三年連続でもっとも人気が高い三十分枠の帯番組の地位を守っている《パーソナライズド・ニュース》を仕切っている。ヒラリー・ボイルの名前自体が神のようにもてはやされることはないにせよ、一見ぱっとしない男を星々の輝く天空へと放り出されずにすましている〝魔法《X－ファクター》〟が何なのかは、誰にもわからない。

ワシントンとロサンゼルスの二ヶ所を結んだ中継と――さらにコマーシャルと、可能なら実行という建前でヘリコプターからの生中継の空撮を加える予定で――放送作家たちが番組内の六つの枠の中身をきっちり埋めていた。

「いいじゃないか」ヒラリー・ボイルが褒めた。「三十分で、エディが最初の映像素材を準備してくれるだろう……」

マーティは上司の話の中身を真剣には聞いていなかった。ボイルを見つめ、自分の担当枠に使えそうなヒントを口にしないかと考えていたのだ。でも、だめだろう。ボイルという奴は、自分の発言が元のアイデアが議題になっていることに気づかずに、いつもわがままな文句をつけてくるからだ。「なあ、マーティ、俺は道理をわきまえた知的な人間で、もしも俺が番組内容を理解できないときは、視聴者もそれを理解できていないということだ。わかるか？　単純明快、ただし事実を損ねるな。これが、きみの任務だ。さあ、この内容を俺が理解できるように説明してくれ」

マーティはウインドーウォールへと目を向けた。この部屋は六十三階にある。同じ高さのほかの部屋で照明が灯っているのはごくわずかで、ここにかなり近いものばかりだ。嵐のせいで二百ヤード先までしか見えない。よその照明の光は鈍り、光輪がうかび、拡散し、きれいな真珠色の輝きとなってぼやけている。ボイルがこの光景にも文句をつけるかもしれないと思ったとたん笑いそうになってしまったので、歯を食いしばってこらえた。とりたてて愉快なことがあるわけでもないのに自分の目のまえで誰かが笑おうものなら、ボイルはただではすまさないだろう。

特別番組のなかのマーティの担当枠の素材を午後八時に完成させると、十四階のコーヒーショップに下りて、彼はサンドイッチを買った。ジュリアに連絡がつくようにと祈ったものの、オハイオからワシントン、そしてメインへと連なる回線は今夜の嵐のせいで混乱していた。

目を閉じて、穏やかで暖かい光に照らされた居間の暖炉のまえで身を縮こまらせている彼女を思い浮かべた。蒼白な顔に青白い髪がかかり、両手で耳をきつくふさいでいる姿を。彼女は起き上がり、階段の下まで出て、二階を見上げ、ふたたび暖炉のそばに駆けもどっているだろう。家は音楽と風でふるえている。あまりに生々しいイメージだったので目を大きく見開き激しく首をふると、後頭部にかすかな頭痛がひろがった。あわててコーヒーを飲み干し、もう一杯おかわりをしてから椅子にすわると、笑みがこぼれそうになった。わたしたちは不思議な絆で繋がっているので、実際は遠く離れているわけじゃないのよ、とジュリアが言うのもわからなくもないなと、ときおり考えることがある。彼女の言う通りだと感じることがあったから。

サンドイッチを食べてコーヒーを飲み、のんびりと自分のオフィスにもどった。二十分以内に放送用テープが用意できるので、すべて順調。ぼくの担当分は問題なし。

この数時間でオフィスに届いた様々な材料を確認し、そのうち三つだけを検討用に分類した。最初は、年頭にイギリスで吹き荒れたインフルエンザの蔓延に関する最新情報だった。毒性の高いウイルスがふたたび流行しはじめている。新たに渡航制限が発表されていた。

ジュリアなら、こう言うだろうな。「そんな説明は信じていないから、政府がなにを言っても気にしないの。なんで、世界じゅうの旅行者が渡航制限をうけなきゃならないのかわからないし、その原因がインフルエンザだなんて納得がいかないもの」と非難がましく言うだろう。「よく考えてみれば、わかるでしょ？　蔓延が深刻になるまえから、彼らはフランスへの渡航を禁止していたんだもの、ほかに理由があるのよ」って。

アスピリンがないかとデスクを探したものの見つけられず、マーティは頭を掻いた。ゆっくりと電話に手を伸ばし、交換台のサンディに繋いだ。「なあ、ぼくらは異常気象がもたらした疾病にふりまわされているところなんだ。インフルエンザ、風邪、肺炎といった、きみもよく知っている病気だよ。病院の統計値は大きく変わり、人々の移動は制限され、死人が出ている。企業や学校の閉鎖も起きている。わかってくれるだろう。な？」デスクの写真に言い添えた。「わかってくれたかな？」

午後六時三十分、ジュリアはヒラリー・ボイルの番組を見て、それからスクランブルエッグを作り、グラスにミルクを注いだ。午後十時に特別番組があるので、マーティの帰りが遅い理由はわかったし、番組の準備に手まどっていなくても交通手段に支障が出ている。そうよ、どちらにせよ、状況に変わりはない。ようやくマーティに電話をかけようとしてみたものの、電話局の録音メッセージが聞こえただけだった。「申し訳ありませんが、現在、この回線は不通となっております」もう、うんざり。赤ん坊の泣き声が何度も何度も、繰り返し響いている。

一時間以上、本を読もうとしてみたものの、内容が頭に入らないので、結局は本を投げ出して、暖炉を見つめた。丸太を一本追加して、炎がもっと大きくなるように灰を掻きたてると、青緑色の火花が飛んでパチパチと薪のはぜる音がした。何も考えずにぼんやりとするのをやめると、余計なことがどっと頭にあふれ出した。

二度の死産は何者かによる殺人だと考えるのって、おかしいだろうか？　でも、なぜ殺したの？何者って、いったい誰？　新生児たちの検死をしないの？　医者や看護師は、ほかの人のように人殺しをしないというの？　疑って当然よ。それだけじゃない。恐怖が胸にあふれる。大勢の人間が、こういう犯罪に関わっているはずよ。産婦人科病棟の分娩室のなかに待機しているスタッフ全員が、じつは大掛かりな陰謀に加担しているとしたら、じつに恐ろしい話だった。せめて、意識がなかったあいだに何があったのかを思い出せればいいのに。

分娩時まではすべて順調に進んでいた。ドクター・ワイマンは妊娠がわかったときから、喜んでくれていた。問題は何ひとつなかった。まったく。でも、目を醒ますと、蒼白な顔で目を真っ赤に充血させたマーティがそばに立っていた。赤ちゃんが死んだ、と彼が説明した。きみのことを心から愛しているからね。とても残念だ。ぼくらにできることはなにもないんだ、と。色々なことがあった。二人で泣いた。誰かが注射器の入ったトレイを持ってやってきた。そして、わたしは眠った。

あってはならない結果。ここまで頑張ってきたのに。四分感覚の陣痛が起きて、病院に到着。興奮したけれども、落ち着きはうしなわなかった。何も不安はなかった。ドクター・ワイマンは、段取りについて簡単に説明してくれた。異常な点はひとつもなかった。血液検査も尿検査も。体重も。血圧も。アレルギー・テストの結果も。ドクター・ワイマンは説明してくれた。「もうすぐだよ、ジュリア。状態に問題はない」眠った。そして目醒めると、蒼白な顔で目を真っ赤に充血させたマーティがそばに立っていた。

ドクター・ワイマンのせいだろうか？　彼なら原因を知っているだろう。わたしたちの赤ちゃんを奪う権利は、彼にはない！

階段の下まで歩いていき、赤ん坊の泣き声に耳をすませた。泣くのをやめて、と祈った。おねがいだから、やめてちょうだい。おねがい。

赤ん坊は泣きつづけた。

四年前に、初めて妊娠した。そして昨年、ごく普通にふたたび妊娠したのだ。両手で耳をふさぎ、暖炉まで駆けもどった。二人用の病室で一緒になった、十八歳にまだ達していないとしか思えない少女のことを思い返す。少女の赤ん坊も、ブドウ球菌の感染がもとで死産になっていた。わたしは眠っていて、理由もなくしんと静まり返った病室のなかで目を醒ますと、胸騒ぎに襲われ、背筋の凍るような恐怖に全身をつらぬかれた。そして少女に目を向けると、彼女はショートガウン姿で、長く美しい片足を窓の手すりにかけていた。もろもろの影だけがぼんやりと見わけられるだけでその細部はほとんど確認できないほどの、淡い黄色の光が部屋を照らしていた。ジュリアが不意に悲鳴をあげると同時に、部屋の戸口に何者かが立っているのに気づいた。研修医《インターン》と看護師だ。よそからやってきたのではなく、だまってそこに立っていたみたいだった。そして、わたしが叫ぶまでじっとしていたようだ。おなじみの注射器が、ヒステリックなすすり泣きを抑えてくれた。

「ジュリア、お医者さんたちが廊下に通じるドアを開けたもんだから、それできみは目を醒ましてしまったんだよ。彼らは脅かさないようにと黙って病室に入ってきたんだが、少女のもとに駆けつけるまえに彼女は窓から飛び下りた」

「あの少女はどこ?」

「廊下の奥の部屋にいるよ。ぼくも見た。観察用の窓を通して、あの子は眠っていた。彼女はひどい鬱病にかかっていて、さらに流産になったものだから、混乱しているそうだ。彼らは回復するよう手をつくしている」

ジュリアは首をふった。彼の説明を信じたかったけれど、これは嘘。医者たちはじっと動かずに待っていた。少女が飛び下りるまで立っていたのよ。ことがすむのを待って、黙って見つめていたのよ。わたしが目を醒まして叫ばなければ、あの少女は死んでいただろう。身をふるわせ、コーヒーを淹れるために台所に向かう。赤ん坊が大声で泣いている。

ジュリアはタバコに火をつけた。編集作業中のマーティは始終、タバコを吸っている。その作業を何度も見たので、どんなふうにルーチンワークが進められるのかはわかっている。番組のスタッフが映像を確認し、メモを取り、演出家が記録をつける。ヒラリー・ボイルがブルーヴェルヴェットのカーテンの奥から出てきて、カメラに向かって手をふり、自分の大きなデスクにすわり、時間を確認して満足そうな顔をする。普通なら嫌になるタイプの彼の生き方すべてや個性に反感を感じながらも、ヒラリー・ボイルが好きだった。彼は女性に対して暴君的な態度で距離をおくことで、悦に入っていた。彼はわたしをただの〝人間〟にすぎないと考えていて、まるでロリポップ・キャンディを欲しがる無邪気な子供のように注文をつけてくる。もしもこちらがそれに応じなかったら、蹴って泣き叫ぶのだろうか。何台ものカメラが寄ってくると、ボイルは握ったクリップボードを持ち、一枚目の原稿に目をはしらせ、カメラに目を向ける。そしていつものように、彼の魔法がはたらきだす。〝X―ファクター〟がね。テレビ番組の司会が、自分を見ている全国の視聴者へとケーブルを通じ、宙を飛ばしながら、どこからともなく発生する魔法を送り込む。どうして、こんなことができるの？　自分にも、他人にもそれはわからない。ジュリアはタバコを揉み消した。

ヒラリーが自分のデスクから出て、一度手をふるためにこちらをふり返り、カーテンの向こう側に消えていく姿を、目を閉じて思い返す。あれもうまくいった特別番組のひとつだった。テレビ局のあちらこちらで、三、四人のスタッフが身を寄せ合ってメモを取っていた。放送素材が刈り込まれるなか、マーティはポケットに両手を突っ込んだまま、自分のデスクのそばをぶらぶらと歩いていた。

「マーティ、今夜は家に帰られそうか？」オフィスの戸口をふさぐようにボイルが立っている。

「帰れそうにないですね。もう、郊外に出る交通手段がありません」

「ステーキをおごってやる」お誘いか、それとも命令かな？　ボイルはにやにや笑っている。「十五分後だ。いいか？」

「もちろんです。ありがとうございます」

マーティはふたたびジュリアに電話をかけようとした。「二時間ほど留守にする。そのあいだも、ぼくの自宅に電話が通じないか試してくれないかい、美人さん《ドール》？」

交換手は嬉しそうな声をあげた。彼はサンディに頼んだ資料をまとめはじめていた。病院の集計、インフルエンザの蔓延状況、流行している肺炎などのインフルエンザに似た別の感染症のデータなどだ。サンディが説明していたように、山ほどの資料が積んである。プリントアウトをすばやくめくって目を通す。これはというものが見当たらなかったので、めくる指は止まらずじまい。それからボイルのオフィスのドアが開いたので、資料をデスクの引き出しに突っ込んだ。

「用意はいいか？　ドリスに〈ブルー・ライト〉の席を予約させておいた。いつも、スコッチのダブルを呑んでいる。きみはどうだ？」

マーティはうなずき返し、二人は一緒にエレヴェーターに向かった。〈ザ・ブルー・ライト〉

はボイルがお気に入りの、行きつけの店だった。二人は薄暗くにぎやかな店内に入り、他人を気にする必要のない小さなオアシスといったタイプの、防音設備が整い間仕切りのできている奥のテーブルへと向かった。演台でショーが行われているのが見えるが、レストランの騒音に邪魔されてその内容はまったく聞こえない。

「あれを見ろ」青いスポットライトへと、ボイルが手を向けた。三人の若い女性が一緒に踊っている。頭から爪先まで濃紺のボディマスクにおおわれている。ガラス繊維でできた緑と青の着け毛が両肩にたれて、踊りにあわせてきらきらと輝いていた。

「俺は結果を出している」ボイルはそう言うと、いつものタバコに火をつけた。「俺が週に三、四本の番組を制作していても、誰もなにも文句はつけない」

身をくねらせながら踊る女性たちを見つめながら、彼はにやりと笑っていたものの、その声にはマーティがいままで聞いたことのない響きがあった。上司を見て、それからふたたび女たちに目を向け、話のつづきを待つ。

「音楽をがんがん流す連中にはもううんざりだが、女の子たちは話がちがう」ボイルが説明しはじめた。ウエイトレスが二人の席にやってきた。彼女はTバック《Gストリング》に、どういう仕組みなのかわからないが奇跡的に両方の乳首を隠して固定できているエプロンをまとい、ものすごい高さのハイヒールをはいている。「スコッチのダブルを俺に、きみはどうする、マーティ?」

「バーボン・アンド・ウォーターを」

「ドクター・セアに、バーボン・アンド・ウォーターをダブルで」ボイルは目を細めて、身体をうねらせている女たちを見ている。「左のあの子。金髪の。あの子の踊りを見てみろよ、ポールダンスのときの金髪ときたら……」ウエイトレスが揺らす尻をちらりと見てから、さっきと同じ呼吸と口調で言った。「俺は監視されている。今夜から、きみも見張られるかもしれん。それに気づくことになるかもな」

「相手は何者ですか?」

「俺にもわからん。たぶん、政府の人間じゃないだろう。私設団体の差し金じゃないかな。FBIのように捜査に慣れたクールな組織だと思うが、政府関係ではないはずだ」

「なるほど、それでなぜ監視されているんですか?」

「なぜなら、俺は報道屋《ニュースマン》だからだ。きみも知っての通り、俺は俺の考えかたで、いつも変わらぬやりかたをつづけている。そして、それなりの地位を築いた」

彼は説明を中断し、ウエイトレスが二人の酒を運んできた。ボイルはスポットライトを浴びながら身体をくねらせている女性たちを見てクスクスと笑った。そしてウエイトレスを見上げた。

「メニューをたのむ」

マーティは舞台のショーと上司を交互に見た。二人は注文をすませ、ウエイトレスがいなくなるとボイルが話を再開した。「十年かそこいらまえにふと思いついた不変の仮説があって、いまでもそれを信じている。知り合いのなかにも、あいつ誰だったっけと印象の薄い奴が大勢いるだろう。世間を生き抜くにはどうすればいいのかを知っている人間は一部だけで、ほかの連中は厄介払いされるか、なにもできないままくたばるだけだ……」

マーティは彼を見つめ、それから自分のバーボンへと目を向けた。自分の手を動かせることを確認するかのように、グラスをぐるぐるとふりつづけ、最後には酒がこぼれてしまった。そして、テーブルにグラスを置いた。「そんな馬鹿な。そんなふうに何者かが暗躍しているなら、いつまでも隠し通せるはずがないでしょう」

ボイルは踊る女たちをずっと見ている。「俺は直感で生きてきた」と言った。「たとえば、次の週に視聴者が火山に興味を持つことになぜ気づいたのかなんて、自分でもわからんのだが、それをネタにすればいいという予感があったので実行に移し、高い視聴率を稼ぐことができた。そういうふうに番組を運営していることは、きみもわかっているはずだ。幾度となく、俺が正しいスイッチを押しつづけていることを。アイデアがうかぶと、きみたちがそれに従って番組を準備し、俺は評価される。そうして番組が作られる。きみたちは穴掘りで、俺が掘る場所を見つける。俺は無学だが、馬鹿じゃない。言っていることがわかるか？　予感に従って行動するべきだって学んだのさ。そして予感を信じるようになった。カメラのまえに立って、マイクに向かいながら、自分を信じて行動することを知ったのだ。自分がなにを言って、視聴者にどんなふうに見られているのかなんて、よくわかっていない。練習なんてしちゃいない。なにかに……なにかとうまく同調していると言えばいいんだろうか。スタッフもなにかがあることに気づいているし、俺もそれをわかっている。きみたちはそれを〝魔法のようなもの《Xーファクター》〟と呼んでいるな。まあ、それはいい。それがなにで、どういう仕組みで動いているのかはわからないかもしれないが、いまなんの話をしているのかはこれでわかる。よしよし。二ヶ月前のことだが、この不変の仮説に、さらにつけ加えるべきことがあるんじゃないかと気づいて目が醒めた。俺を見るなよ。ショーを見ていろ。〝仮説〟について、もう三、四年ものあいだぴったりする表現が見つけられないままだ。ふさわしい言葉がまったくなくてな。あいつはなんていう名だったかな、合成ＲＮＡの応用に気づいたのは？」

「スミサーズです。アーロン・スミサーズ」

「そうか。でも彼は葬られた。ずっと支援してもらい、叱咤激励されながらそれなりの研究結果を出しながらも、評価されなかった。そして、一巻の終わり。誰も彼のことを口にする者はいなかった。目醒めてから、なぜ彼は失敗したのだろうと考えた。ＲＮＡの合成は関節炎の治療などに使える技術だけに、研究成果でノーベル賞がもらえるほどの業績のはずだ。でも、彼はなぜ評価されないままだったのか？」ボイルの吸った大量のタバコで、灰皿がいっぱいになっていた。彼は説明しながらもマーティから顔をそむけ、女性たちを見つめていたが、にやりとすると、さらにクスクスと笑った。

きれいな灰皿と、追加の酒と、注文の品を持ってウエイトレスがやってきて、また引き上げていった。それから、ボイルはマーティに向きなおった。「おい、黙ったままか？　精神科医に相談してみたほうがいい、と言うのかと思っていたのに」

マーティは首をふった。「いまの話はどうでしょうね。誤解があります。数年前、合成ＲＮＡは治療には使えないと証明されましたから」

「なるほど」ボイルは一杯目に比べてゆっくりと酒を呑んだ。「ともかく、俺はこの仮説を無視することができなくて、合成ＲＮＡの研究をしていた男を思い出したから、そいつに例えて分析しようと思ったんだが、あえなく失敗したというわけだ。誰もがなにかしらの知識を持っている。そして始終、誰かが俺のオフィスにやってきては、一緒にスタジオに入り、家に帰っていくから知識を得られる。ＲＮＡの研究の資料がないか、コルチャックに調べさせたことがあった。ところが保安上の理由からと、情報は機密扱いになっていた。よりによって、アメリカ医学協会《ＡＭＡ》などの要請にもとづいてだ」

「それは、また別の理由によるものでしょうね。人間はなんでも機密情報に分類しがちですし。大学でもたいした情報は記録されていないでしょう。あなた以上の知識は、誰も持っていないと思います」

ボイルの瞳がきらりと光った。「そうかね？　やっぱり、俺の頭がおかしいのかな？」

「まさか。ただ、ぼくもいろんな人間を知っています。ここで仕事をさせてもらうまえまで、ぼくはハーヴァード大学に所属していました。いまでも接点が残っていますよ。そこの生化学の研究室のスタッフとも。彼らがこういう問題に関わっていたなら、ぼくもなんらかの情報をつかんでいたはずです。でも、そんな話はありませんでした。この話を番組の素材にしてみますか？」

一瞬間を置いてから、尋ねてみた。

「やめてくれ！　馬鹿なことを言うなよ！」

身をふるわせて、ジュリアは目を醒ました。大きなソファーの上で足を組み首をまげて寝ていたので、身体が強張っている。突っ伏していたものの、膝の上のスケッチブックはきれいにひろげられたままで、それほど長いあいだうたた寝をしていたわけでもなさそうだ。暖炉はまだ暖かく赤々と燃えている。すでに午後十一時三十分だった。部屋の向かい側のテレビには砂嵐《ノイズ》が映っている。風音はやみ、ステレオの音楽だけが家じゅうにがんがんと鳴り響いている。首をかしげ、それからうなずく。赤ん坊の泣き声がまだ聞こえる。

自分がスケッチブックに描いたいくつもの顔を見た。看護師と研修医、そしてドクター・ワイマンだ。みんな若い。三十五歳を越えている者はいない。分娩室にいたほかの者を思い出そうとしたが、誰がいたのかがはっきりしない。夜勤の看護師、派遣看護師、保母、出産立ち合い看護師もいたはずなのに……。ドクター・ワイマンの顔を見つめる。医者たちはみんなまるで同い年のようだ。一度、ワイマンに嫌な思いをさせられたことがあった。「今朝、わたしは自分の頭に灰色の白髪が一本あるのに気づいたんですが、あなたは美しく若いですね。体調は良いですか？」と言われたのだ。

ただ、それは嘘だ。彼はまったく変わっていない。もう六、七年ものあいだあの医者に診察してもらっているけれど、最初のころから彼はまったく変わっていない。おたがい、三十四歳なのに。

彼女のベッドの端にすわり、真面目な口調で説明しながら、医者は彼女の片手をつかんだ。「ジュリア、なにも問題はありませんよ。欲しいのなら、まだまだ子供を産むこともできます。われわれは月にも大海の海底にも人類を送り込んできましたが、育児室で感染が蔓延したブドウ球菌を抑え込むことはまだできていない。つらいでしょうし希望をうしなってもいるでしょうが、わたしを信じてほしい。あなたの二度の出産について、打てる手はすべて打っていたのです。次はすべてうまくいくはずだと、断言してもいい」

「今回も万全の手を打ちました。やるだけのことをやったのです」

「明日には退院して、帰宅できる。六週間以内に会いましょう。もうすこし時間を取って、話し合いましょう。いいですか？」

そうね。今後のことについて話し合った。何度も、何度も。でも、出産時まで元気に腹を蹴っていた赤ん坊を二度も身ごもったのに、二度ともうしなったという事実に変わりはない。

そのあとで、自分はなぜ気力をうしなってしまったのだろう？　深夜を別にして、何も考えられず感情だけが自分の胸をさいなんでいる状態がつづき、一年あまりにわたってぼんやり過ごしていた。でも、感情がくたびれてきたせいで、出産、産婦人科のスタッフ、そして自分自身の態度についてようやく考えられるようになった。スケッチブックを置き、立ち上がって耳をそばだてた。

男の子二人の泣き声よ。二人とも男の子だ。一人の体重は八ポンド二オンス、もう一人は八ポンド四オンス。大きくて見栄えの良い、頭髪がまだ生えていない赤ん坊。泣き声はさらに大きくなり、深刻なものに聞こえた。階段の下で立ち止まり、二階を見上げた。

あれは小さな病院、こぢんまりとしている私立病院だった。ドクター・ワイマンが強く薦めてくれたものだ。中心部の大病院は感染症の危険度が高いからだ。新生児の死亡率がほかの病院に比べて二倍、いや三倍だと言っていただろうか？　とんでもない数字を教えてもらったものの、思い出すことができない。胸が苦しくなったので、もうどうでもいい。階段の上手を見つめる。

「なんのためにアレルギー・テストをしたの？　あなたは特定の物質のアレルギーは調べてくれたけれど、全体的なテストはしなかった」

「全般的なテストで陽性になったなら、特定の物質にしぼって調べればよかったのよ。そうやって、なにに用心すればいいのかを確認するもんでしょう。抗生物質や麻酔薬《ペントタール・ナトリウム》やシーツの糊に対する拒絶反応のようなアレルギーに苦しめられているひとは大勢いるのに、なにも教えてくれていない。ありとあらゆるものについてね」

片腕に赤いみみず腫れがあったのに、彼らは原因を調べようとしなかった。初歩的なアレルギー・テストをして、何か引っかかる要素が見つかれば、それを排除すればいいはず。今回は軽く目を閉じながら、階段を上がり切ったところで足を止めた。「来たわよ」そっとささやいた。部屋のドアを開いた。

赤ん坊が三列目の揺りかごに寝ていた。自信をもって、そばに近寄ると、その子を抱き上げた。彼は力強く火のついたように泣いている。「よし、よし。だいじょうぶよ、赤ちゃん。わたしが来たからね」ぴったりと抱き寄せながら、赤ん坊を揺する。子供は喘ぎながら彼女の首元に顔を寄せ、泣き声がゲップに変わった。子供の髪は汗でべたつき、パウダーとオイルの匂いがする。ぴったりと頭についた耳は、とても愛らしい。

「ねえ！　ここで、あなたはなにをしていたの？　どうやって、ここに来たの？」

眠ってしまった赤ん坊を起こさないように用心しながら、揺りかごにもどす。一瞬、立ったまま彼を見下ろしてから、踵を返してドアの外に出た。

三人の青ずくめの女性たちが姿を消したかと思うと、替わって漆黒の背景の手前に縞馬模様のコスチュームを着た女性たちが登場し、白の縞模様だけが動いているように見えたので不思議な感覚にとらわれた。

「なぜ、ぼくをここに連れてきたんですか?」マーティは尋ねた。二人のまえには、二インチの厚さで中央は真っ赤だが表面はよく焼けている、注文したステーキがならんでいる。〈ザ・ブルー・ライト〉はステーキで有名な店だった。

「〝仮説〟の話のためだ。番組のスタッフに調査の結果を報告しつづけるよう、継続的な命令を出している。きみが疾病や死といったものを調べているという情報が、ある者から入ったのさ、それだけだ」マーティの顔に不意に怒りの表情がはしったが、ボイルは気にするなと手をふった。

「わかった。落ち着け。そういうことがあると、調べずにはいられないんだ。偏執病的な人間でね。誰からも警告されていないのか? 五年前に出会ったときに、俺自身、なにも言わなかったかな? きみが電話をかけていることも、気になってしまうのだ。なにをしようとしているのかがね。抑えようがないんだ」

「でも、ぼくの行動は、あなたの〝仮説〟とは関係ないでしょう」

「馬鹿なことを言うなよ、マーティ。きみの行動も、俺の〝仮説〟と無関係ではない」

「これから、あなたはなにをするつもりですか? ここから出たら?」

「それは難しい質問だな。なにも考えていない。まずは、これからの気象の制御について調べさせるかな。カーン上院議員が気象制御のためのオフィスを設けるよう、予算を請求している。ほかの素材を切り捨てれば、このテーマに沿ったありとあらゆる情報を掻き集められるだろう。きみがテーマを教えてくれたよ。天候と疾病との関連という問題を。俺たちがなにを調べ出し、そこになにが隠れていて、関係者がどう答えるか、から構成を考えようじゃないか」

「コルチャックは、それを知っているのですか？　ほかのスタッフは？」

「いいや。コルチャックは政治的な側面から追及していくだろう。彼は、これもまたいつもの特別番組のひとつだと考えるはずだ。俺たちに協力するよ」

マーティはうなずいた。「わかりました」と答えた。「ぼくはぼくで調べを進めます。なにかつかめるでしょう。あなたの希望に沿うものかどうかはわかりませんが、なにか見えてくるはずです。平穏に感じられるときほど、ニュースに圧力がかかっているのではないかと疑っているものでしてね」

ボイルはにやりと笑い返した。「五年前、俺の番組で働かないかと話した科学の歴史の教師が、いまではずいぶんと成長したもんだ。そう、あのころのきみはまだ駆け出しの人間だったからな」彼は自分のステーキの皿を退けた。「なぜ、俺の番組で働くようになった？　どうして、この仕事を選んだ？　よくわからんのだが」

「カネが必要だったからです。ほかに理由なんてないでしょう？　ジュリアは妊娠していました。郊外に家が欲しかった。彼女は働いていましたが、たいして稼げていませんでした。美術教師の仕事に就くつもりだと言っていましたが、それは彼女のためにはならない。ご存じのように、ジュリアはとても大きな才能の持ち主なのです」

「そうだな。だから、きみは大学の教員仕事などのすべてに見切りをつけた」

「彼女のためなら、どんな苦労もいとわないです」

「それぞれに、自分なりの生き方があるものだ。俺か？　俺はこの忌々しい雪を押し分けて、六ブロック離れたところにある自宅に帰る。きみが見たこともないような美しく小柄な妻が、俺を待っているのだ。では、また明日な、マーティ」

ボイルがウエイトレスに手をふり、相手は勘定書きを持ってきた。彼は何も確認せずにサインをして、ウエイトレスが向きを変えて引き下がろうと立ち上がったとき、彼女の露わな腹の肉をつねった。店を出るまえに、女性たちが踊っている三つのテーブルのそばで一瞬だけ立ち止まり、投げキスをしてから姿を消した。マーティはゆっくりとコーヒーを飲み干した。

自分のオフィスにもどると、誰も残っていなかった。デスクにすわり、引き出しに押し込んだ資料に目をやる。これらはもう用済みだ。資料は四年以上昔のものばかりだった。


ジュリアはぐっすりと寝入っていた。そして、ふたたび夢を見た。彼女はマーティを探して、奇妙な部屋につづく通路をふらふらと歩いていた。妙な建物だった。やたらと大きい。通路はどこまでも終わりがなく、いくら探しまわっても、彼を見つけることはできないだろう。いままで見たことのない別の通路や、入ったことのない無数の部屋が、いつまでも行く手に控えている。不思議なことに、これは楽しい夢で、満足感と心地良さを感じていた。午前八時に目が醒めた。

風はすっかりやみ、薄手のカーテン越しに差す陽光は真っ白な雪の反射のせいで百倍にも輝きを増していてまぶしかった。風がやんだあとも、雪が降りつづいていたのはまちがいない。木の枝、電線、茂みといった屋外のすべてのものが一インチの厚さの粉雪におおわれていた。何かを思い出そうとするかのように、窓の外を見る。こういう景色を目にしたときは、自分は彫刻家でなく画家だったらよかったのにと願わずにはいられない。物思いが過ぎ去っていく。たとえ見る者がその彫刻からなぜそんな感覚を味わうのか、理由がわからなくてもかまわない。他人が思いをしっかり感じ取ってくれるよう輝き出すまで、自分の喜び、平穏な気分、さらに清らかな感覚を、石に刻み込むのだ。

家の敷地の端をはしる横道の雪をどかす、除雪車のベルの音が聞こえたので、すぐに道路が通れるようになるのがわかった。ミスター・ストープスが彼の小型の雪掻きを出して、うちの私道の雪も片づけてくれるでしょう。マーティが職場を出るころには、道路がすっかりきれいになってくれているといいんだけれど。母屋と納屋のあいだの裏庭に吹き積もった雪を見つめ、やれやれと首をふる。たぶん、ミスター・ストープスはこれも片づけてくれるわ。

朝食を食べながら、朝のニュースを聞いた。次から次へと大災害ばかりと思いながら、数分後にはスイッチを切った。老人ホームで火事があり、八十二人が死亡。数ヶ所の病院で新たに幼児の下痢が大発生して、百三十七人の子供たちが亡くなった。現在流行中のインフルエンザによる死亡率は十パーセントに上昇。

マーティからの電話が午前九時に通じた。そして、彼は正午には帰るという。夜の番組の準備は、ごくわずかだけ。たいした量じゃないそうだ。彼女を心配していたマーティを落ち着かせようとしたものの、敢えて元気そうに喋ってみても、わざとらしさが目立つだけだった。昨夜、風が唸りをあげていたときに問題が起きていたことを彼は知っていた。赤ん坊の泣き声が聞こえていただろうと。わたしは熟睡できて、言うように晴れ晴れとした気分なのだと信じてもらうことができず、やりきれない気分で受話器を置いた。電話を見つめながら、自分はまったく問題なく、さらに重要なことは、赤ん坊も大丈夫なのだと、彼を説得するのは容易なことではないと痛感した。

マーティは彼女の身体を揺さぶった。「ジュリア、話を聞いてくれ。たのむよ、説明を聞くんだ。きみは夢を見ていたのさ。それでもなければ、幻を見ていたんだ。わかるだろう。最初の死産のときも聞いたはずだ。きみだって、神経衰弱状態におちいっていたと言っていた。そして、耳にしたのは赤ん坊の泣き声ではないし、それが聞こえているからといって耳の具合がおかしいわけでもないと理解したはずだ。なのに、なぜいまになって違うことを言い出したんだい?」

「説明はできないの」彼女は答えた。放してくれないかしら。彼は両手でジュリアの両肩を痛くなるほどきつくつかんでいるのに、それを意識していない。マーティの瞳にうかぶ恐れは切実なものだった。「マーティ、ありえないことだと思うでしょうけれど、実際にあったの。わたしたちの赤ん坊がいまも生きて元気でいる世界につづくドアを、わたしは開いたの。あの子は成長していて、髪も生えて、あなたと同じ黒髪で、わたしのような巻き毛だった。そこで、あちらの世界の看護師がやってきたのよ。わたしがいたので、看護師はひどくびっくりしたの、マーティ。

いまあなたが見ているように、彼女もわたしを見つめていたの。なにからなにまで全部、本当にあったの」

「引っ越したほうがよさそうだ。街にもどろう」

「かまわないわ。あなたが、そうしたいのなら。問題はないもの。この家はどうでもいいから」

「やれやれ！」マーティは彼女を急に放したので、ジュリアは倒れそうになった。でも、彼はそれに気づかない。片手で目をこすり、髪を掻き、無精ひげをなでながら、マーティはしばらくうろうろと歩きまわった。彼を安心させてあげたいと思ったけれど、何もできなかった。相手は急にこちらに向きなおった。「もう二度と、きみは独りになったらいけない！」

ジュリアはやさしく笑った。彼の手を取り、自分の頰にあてる。とても冷たい。「マーティ、わたしを見て。ここ一年のあいだ、こんなふうに急に笑ったことなんてあったかしら？　わたしは自分がなにをして、どう見えているのかを理解しているの。よくわかっているけれど、自分では抑えようがないのよ。女としては失敗しているって、そう思っているでしょ？　わたしは芸術家として、妻として立派にやっているかどうかとは関係なしに。元気な赤ん坊を生みそこなってしまった。わたしが気に病んでいるのは、その一点だけ。そばに仲間がいても、愛し合っているあいだも、彫刻のために木槌を構えているときも、ケーキの粉を掻き混ぜているときも、ひどくやりきれない気分におちいってしまう。おまじないを信じようとしたこともあったわ。死にたいと思ったときも。でもね、夕べあれを体験したあとで、ひどい死にかたをしたあとでもういちど生まれ変わったように感じたの。もう、すっかり大丈夫よ、マーティ。誰も信じてくれないようなことを、わたしは経験したの。それがなんであってもかまわない。一種の再生を経験したことにはちがいないから。経験したことのない人間に説明しようとしても無理だし、説明する必要もありません。わかってもらうつもりもないから」

「やれやれ、ジュリア、自分の経験したことを、どうしてそんなふうに言うんだい？　ぼくにはよくわからない。でも、きみがすべてを乗り越えたのはわかる」マーティは妻を引き寄せ、きつく抱きしめた。

「あなたのせいじゃないのよ」と答えた。ジュリアの声はくぐもっている。そして、深くため息をついた。

「わかっているよ。だから、こんな地獄のような思いをしていたんだからね」妻の顔を見ようと、彼は相手を押しもどした。「ようやく、乗り越えられたと思うかい？　もう、だいじょうぶなのか？」彼女はうなずいた。「なにが起きたのかはわからない。でも、なんだってかまわない。きみがそれで納得しているのなら、それで充分だ。じゃあ、過去は過去として……」

「待って、まだ終わってないのよ、マーティ。はじまったばかりなの。まだ生きているのよ。あの子を見つけないと」

「トラクターを庭に入れられそうにないな、セアの奥さん。通り道を邪魔してる、あの石をどかしてくれんとね」小型の赤いトラクターに乗って往復しながら私道の雪を退かしただけで、汗をかくような重労働はまったくやっていないのに、ミスター・ストープスは赤いハンカチで額を拭いた。

ジュリアは彼のコーヒーカップにおかわりを注ぐと、肩をすくめた。「わかったわ。どうにかするから。日光のおかげでかなり暖かくなってきているみたい。雪も溶けてしまうかも」

「いいや、ちがうな。溶けたとしても、凍っちまうよ。凍りつくと、退かすのがもっと厄介になっちまう」

ジュリアは玄関に引き返し、マーティを呼んだ。「ねえ、あなた、ストーブさんのために、私道の雪掻き料金の小切手を書いてもらえる?」

小切手帳をポケットから出しながら、マーティは居間から玄関に出てきた。「二十ドルでいいですか?」

「ああ。夕べは、街で雪に閉じ込められたのかい、ミスター・セア?」

「そうだよ」

ミスター・ストーブはにやりと笑い、コーヒーを飲み干した。「この天気も、エイプリルフールのようなもんだ、そうは思わんか? 雪のなかでレンギョウの花が咲いている。わけがわからん。天気のことも、なにもかも、見当がつかん。うちの親父は間違いがないからって、いつもエイプリルフールに作物の植えつけをしていた」彼はしばらくのあいだ小切手をふって乾かしてから、羊革のコートの内ポケットにそれを収めた。「よっしゃ、コーヒーをごちそうさん。セアの奥さん。あんたは無茶なことはしないで、大人しくしておきな。いま具合が悪くなっても、ドク・ヘンドリックスはいないからな」

「新しいお医者さんががんばっているって話だったが」マーティが尋ね返した。

「ああ。一部の人間にとっちゃな。だが、大病院に行ったときに、わざわざあの医者に診てもらおうとは思わん。どうも、治すより悪くさせるのが得意なようでな」彼は立ち上がり、コートとおそろいの耳当てのついた帽子を被った。「俺は、賭けは好きじゃないが、どっちか選べと言われたら、あの医者に命を預けたりしねえほうがいいな。くじ引きでいうなら半分はずれで、そんな賭けに乗るつもりはねえ」

ストープが立ち去るまで、ジュリアとマーティは顔を見合わせて相手を無視していた。それからジュリアが疑わしそうな口ぶりで言った。「半分はずれですって！」

「彼は、ぼくらを励ますつもりだったにちがいないさ」

「そうとは思えないわ。彼は大袈裟なひとだけれど、これはそれとは話が別だと思うの。悪い評判がたっているにちがいないわ」

「その医者には会ったことがあるのかい？」

「ええ、あちらこちらで。ドラッグストアとか。ドクター・サルツマンの病院でも。彼は若いけれど、立派なお医者さんに見えたの。人当たりがよくて。わたしたちが……インフルエンザに罹ったときは、受診しなさいって言ってた」かすかに顔をしかめ、彼女はゆっくりと説明した。

「それがどうかしたの？」

「わかんない。妙な言いかたをするのねって思っただけ。そのときは手が足りないからって、特定の職業についている市民だけが優先的に治療をうけられたのよ。教師、医者、病院の従業員といったひとたちが。わたしたちには掛かりつけのお医者さまがいるのに、なぜあんな話をしたんでしょうね？」

「すべてが終わったあとで、彼に診てもらわなくてよかったって、きみも思うかもしれないね」

「そうね」ジュリアは考え込み、不思議そうな顔をした。「最近、年配のお医者さんに会ったことある？　中年以上のお医者さんに」

「おいおい！」

「真面目な話よ。この数年間で、わたしが会ったことのある四十代以上のお医者さまって、ドクター・サルツマンだけなの。でも、彼は計算に入らない。歯科医だから」

「やれやれ、やめてくれよ！　なあ、ジュリア。ボイルとの奇妙な話を持ち出したのは悪かった。なにかおかしなところはあるにせよ、たいしたことじゃないんだ、信じてくれ。ぼくらはどこかの組織の一員だとでも思っているのかい？――闇の秘密結社のようなものに取り込まれているとでも？　ぼくらは、そんなものとは関係ないよ」

彼女は、そんな話には耳を貸さなかった。「言うまでもないけど、彼らは医者をみんな追い払うわけにはいかないから、仲間の協力的な者だけを残しているのよ。だから、お医者さんは少ないの。いかにも年老いた感じの者か。それとも、若くて……歳を取らない者か。ああ！」

「雪掻きをしよう。きみには気分転換が必要だ」

マーティが納屋の小道の雪を掻いているあいだに、ジュリアは花崗岩の雪を払った。じっと石を見る。高さは四フィート、幅もほぼ同じくらいの、大まかに削っただけのものだ。いちばん手前の未加工の石は、一定の角度から太陽光があたると、陽の高さが低いために長い影を庭に落とす。花崗岩には、できたときに混ざった化石や亀裂やひびの模様がういている。でも、細工はしていない。二つ目の石の表面には、何ヶ所か彫った跡があるが、まだ途中だった。カタツムリ、三葉虫のような甲殻類、羽根のある虫。それらをいまにもついばみそうに見える、小鳥の頭もある。三つめの石には動物が、温血動物の姿が刻んであって、森のような景色もある。最後の石には、人間と、人間が創ったものを彫ってある。これらの花崗岩から感じられるのは、もしもこれに始まりと終わりをふくむ流れがあるとするなら、人間からはじまって石で終わる物語ということだろうか。四つの石は『環《ザ・ホイール》』と呼ぶべき作品だった。四つの石を環状に据えたその中心には、硬い花崗岩で作った台座のような椅子もある。気に入らない者もいるでしょうけれど、花崗岩の彫刻を見物してもらうには、理想的な場所よ。ただ、大雑把な環状に据えた四つの石の中心から見てみると、たがいに意味を補い合う彫り物が、予想もしないほどの気高さを漂わせ、わたしが意図しなかった意味合いを発していた。石は様々なことを語りかけてくる。この〝環〟は見る者のなかにある知恵を引き出し、普段は意識していない物事を気づかせてくれる……。

「ジュリア、しっかりしろ!」マーティが彼女の腕を軽くつついている。そして強く叩いた。

「おい、だいじょうぶか。しっかりしろ。退かした雪が山になっているぞ!」庭の小道の雪掻きは半分終わっていた。「納屋の扉のそばに、雪ダルマを作らないか」

雪は湿っていたけれど、笑い、たがいに雪玉を投げつけ、転んだり滑ったりしながら、二人は雪玉を転がしながら小道を片づけた。それから、ともに手間をかけて料理を作るのが面倒だったので、スープとサンドイッチを食べた。

「楽しかったわ」居間の床に寝そべり、頬杖をつき、マーティが暖炉に火をつけているのを見ながら、ジュリアは物憂げにつぶやいた。

「そうだね。疲れたかい？」

「うん。マーティ、ヒラリーと話をしたあとで、昨日の夜はなにをしていたの？」

「とりあえず、パソコンでスミサーズの研究について調べていたんだ。けっこう昔の話なので、どんな議論がかわされていたのか、ぼくも忘れていたからね」

「それで？」

「きちんとしたデータをもとに、彼らはスミサーズの研究を徹底的に検討していた」

「あなたもそれを確かめたってわけ？　ダブルチェックをして？」

「ジュリア、彼らはその……核兵器を開発したような連中と同じで……まあ、それはいいか。ともかく、彼らは一流の人間だった。当時、その分野ではトップクラスの科学者ばかりだったよ。その多くは、いまでも現役の重鎮ばかりだ。試行錯誤を繰り返しながら、科学に貢献してきている。なにか問題が起きればその原因を探し、自分たちが、誤解や、まちがった情報や、誤った公式をもとに考えていないかと、みずからの方法論でそれを解決しようとしていた」

ジュリアは両手を枕代わりにして仰向けになり、天井を見上げた。「わたしもなんとなく憶えているわよ。主に宗教的な側面で揉めたんじゃなかったかしら？　科学的なことはまったくわからなかった。その背景にはまったく興味がなかったけれど、ヒステリックな騒ぎが起きていたのは憶えてる」

「けりがつく頃には大揉めに揉めてね。スミサーズはひどい仕打ちを受けた。ヴァチカンそのものからも、科学雑誌などからも非難されて……。ひどいもんだったよ。その騒ぎの一年後に彼は死んで、関係者たちはすべてを葬り去った。これで充分って」

「彼が言っていた不老の血清って、錬金術師の石や、すべての金属を溶かす液体や、水で車を走らせるとか、そういったもののひとつなんでしょ……」

「まあね。普段は誰もそんなことを考えたりはしない」すっかり消えていた暖炉の薪に火を灯そうと、彼は向きなおった。

「マーティ、説明した夢の部屋ってなんだと思う？　育児室かしら？　また目にすることがあったら、つきとめたいの。街にはどのくらいの育児室があるんでしょうね？」

彼女に背を向けたまま、マーティは動きを止めた。「わからないよ」強張った口調だ。

ジュリアは笑って、彼の着ているセーターを引っ張った。「こっちを見てよ、マーティ。わたしって、頭がおかしいように見える？」

彼はふり返らない。枝を折り、暖炉のなかに積み上げていく。少し大きめの枝を、さらにその上に積む。

「マーティ、あの鳴き声のような風音を不意に耳にしたときも不思議な気がしたでしょうし、別の件でヒラリーが質問をしたときも同じように感じなかった？　そして、わたしが、この……体験を説明したときも。なのに、あなたはただの偶然だからって、無視してしまうの？　どれだけ大勢の人間が不思議に感じていたとしても」

「ああ、そうだな。ただ、夕べの出来事は、ぼくらを悩ませつづけていた問題を好転させてくれた。もう何ヶ月ものあいだこれといっていいことがなかったあとで、初めて差した光明だったからね」

彼女は首をふった。「あなたって、なにがあっても偶然の産物だって理屈をこねまわすだけでしょ。入院したあとで、夕べ初めて、わたしは独りで家にいた。そうでしょ。でも、それに耐えたわ。ただ……」カーペットの縁に描かれた幾何学模様を目で追う。「夕べ、あなたは夢を見なかった？　見たなら、どんな夢か憶えている？」

マーティはうなずき返した。

「いいわ。この偶然話について徹底的に調べてみましょう。わたしも夢を見たの。おたがい自分の見た夢を書きとめて、比較してみましょうよ。気晴らしに」彼がふたたび顔を強張らせたので、ジュリアはさらに説明した。「落ち着いてちょうだい、マーティ。こんなことで、わたしは混乱したりしないから。怖がらなくていいのよ。わたしはだいじょうぶ。半年前も、落ち込んでいた別の時期も、わたしは赤ん坊のことを悩んで精神的に参っていた。でしょう？　でも、これはそれとはちがうの。考えようによっては、いかれた話かもしれない。でも、いつもあのドアの隙間が空いているような気がしていたの。ともかく、いままではドアがどこにあるのかわからなかったし、それを意識してさえいなかった。それがいまではドアがあって、開いているのよ。ふたたび閉ざさせたりはしないつもり」

マーティは急に笑い出し、枝を折る手を止めた。薪に火を灯し、床にすわってノートとペンを持った。「いいよ」

彼は手短に自分の見た夢を記した。大きな建物のなかで、自分独りだけでジュリアを探している夢だった。無数の通路とドアがどこまでもつづいていた。細かい部分は憶えていなかったが、できるだけ細かく思い出そうとした。ようやく顔を上げると、かすかに微笑みながら見つめているジュリアを見返す。彼女が自分のノートを渡してきたが、そこには素描で彼の夢とそっくりの景色が描かれていたのでマーティはぎょっとした。二人ともしばらく黙ったままだった。

「マーティ、また赤ちゃんが欲しいの。すぐに」

「おいおい！　ジュリア、本気かい？　きみは彫刻の仕事を再開しはじめたばかりなんだよ。そんなに慌てなくても……」

「でも、わたしはもう決めたの。こうと決めたら引かないのは、わかっているでしょ」

「でも、説明はないのかい？　あとは、なるようになるって言うのか？」

「もう、マーティったら。そうじゃないの。二人でよく考えて、心から愛し合って赤ん坊を授かって、それから子供を……」

「わかったよ、ジュリア。でも、なぜ急になんだい？　なぜ、いまそんな気になったの？」

「わたしにもわからない。ただ、そうしたいって感じたの」

「ドクター・ワイマン、わたしがするべきことや、やったらいけないことがありますか？　つまり……現在は体調がいいのですが、いままでも妊娠中は体調がよかったので、なにに用心すべきかを知りたいのです」

「ジュリア、きみは申し分のない健康状態だよ。きみが健康な赤子を産めない理由なんて、どこにもない。次の分娩の予約も、わたしがする……」

「いいえ……もう同じ病院に入るつもりはありません。ほかにします」

「だが、あそこは……」

「嫌なんです！」

「なるほど、そうか。気持ちはわかる。いいだろう。クイーンズにもっと小さな病院があって、設備は充分に整っている……」

「ドクター・ワイマン、わたしはただ心配なだけなの。あなたが予約するまえに、その病院をまずこの目で確かめたいんです。どう説明すればわかってもらえるのか……」ジュリアは立ち上がり、五番街を見渡せる窓に近づいた。「病院が信用できないんです。だから、今度は自分で選びたいの。自分で決めるまえに、先生がご存じの病院のリストをいただくことはできませんか？」

笑って、首をふった。「自分でも妙なことをしているなって思います。おかしなことを言っているように感じますか？　でも、これが本心なんです」

ドクター・ワイマンはジュリアをそばでじっと観察した。「いいや、そんなことはないよ、ジュリア。きみはわたしを信頼するべきだ。きみが自力で街じゅうの病院を調査するのは、かなり大変だぞ……」

「いいえ！　わたしは……わたしは新しいお医者さまに診てもらいたいんです」厳しい口調で

否定した。「今度は、やみくもに進めるつもりはないんです。わかりませんか？」

「この件は、旦那さんとは話し合ったのかね？」

「まだです。いまのいままで、こうするつもりだと自分でもわかっていなかったくらいですから。でも、この考えに従って進めます」

ドクター・ワイマンはしばらくのあいだ、彼女を観察した。そして手元にひろげられたジュリアのカルテに目をはしらせ、ついに肩をすくめた。「きみは意味のないことで、くたびれることになるだろう。だが、それでも、あちらこちらを歩きまわるのは健康にいいだろう。うちの看護師に命じて、病院のリストを届けさせるよ」医者はインターコムを通じて看護師に簡単に要件を伝え、ふたたびジュリアに微笑みかけた。「さあ、すわって落ち着いてくれ。きみにどうしても守ってほしいのは、これから出産までの九か月間、ずっとリラックスした状態を維持することだけだ。妊娠というものは千差万別で、同じように進むことなどないからね……」

ジュリアは嬉しそうに話を聞いていた。若々しく、顔に皺のない、浅黒く、働き詰めでもそれをまったく感じさせない医者。一ヶ月のうちに再診に来るようにと医者が言うと、彼女はうなずいた。

「そのときには、どこの病院にするか決めておいてくれると助かるよ。ご存じのように、かなり早い時期に予約を取らないといけないからね」

ふたたび彼女はうなずいた。「それまでには決めておきます」

「いまは、働いているのかね？」

「はい。じつは、二週間のうちに小さな個展を開く予定です。来ていただけますか?」

「日時を教えてほしいな。妻とスケジュールを調整するから、連絡してくれ」

数分後、誰にも見られずに看護師が用意してくれた病院のリストに目を通すことのできる場所がどこかにないだろうかと胸を高鳴らせながら、ジュリアは病院のビルから出た。タクシーを拾い、座席にすわると、いままで耳にしたことのない病院名をざっと見渡す。

マーティとランチを食べながら、ジュリアは言った。「これから数日、市街をまわるつもりだから、毎日、朝に一緒に出て、ランチを食べることもできるかも」

「今度は、なんの準備なの?」

「必要なものを揃えるのよ。造形用の材料を探しているの。ちょっとしたアイデアがうかんで……」

彼は妻に笑いかけ、相手の手を握った。「わかったよ、ジュリア。きみがワイマン医者のところにもどってくれて嬉しかった。きみがすっかり元気になっているのはわかっているけれど、きみ自身がそれを実感していることが、とても嬉しいんだ」

彼女は彼に微笑み返した。あの夢の育児室か、ぎょっとさせてしまった看護師を見つけることができたら、彼に教えてあげるつもりだった。ほかはどうでもいい。たがいに笑みを交わしつつも罪悪感にさいなまれながら、この嘘が彼にすぐに見抜かれることのないようにと、一瞬、祈った。

「ランチのあとは、どこに行くの?」彼が尋ねた。

「ええと、図書館ね……」すばやくテーブルへと顔を下げて、グラスに入ったシャーベットをすくった。

「細工用の材料のため？」

「うん」彼女はもっと陽気な表情で笑みをうかべた。「あなたはどうなの？　今夜の番組の準備はできているの？」

「ああ。今日の午後……」彼は腕時計を見た。「……いまから一時間十五分後に、ジョージ・カーン上院議員とヒラリーと一緒に、簡単な打ち合わせをする予定だ。カーンは気象制御の件から手を引くつもりだよ」

「あなたは、目途の立たないテーマをずっと追っていたってことなの？」

「ああ。面白いけれどなかなか動かない、手ごわいテーマをね。うん、もうこれには見切りをつけたほうがよさそうだ。図書館のそばまで車で送るよ」


「わたしたちの姿って」夕食のテーブルを挟んで、ジュリアは言った。「陰気なカップルに見えるかしら。最初はあなたからよ。自分のハンバーガーを食べてみて。ひどい味じゃなくて？」

「美味しいよ、ジュリア」彼はハンバーガーを切り分け、フォークでその一片を刺してから皿に置いた。「カーンは辞めた。ヒラリーは、先月、カーンが圧力を受けたと思っている。彼の妻もね。それと同時に、上院議員夫妻は肺炎を理由に入院した」

「それって、どこの病院？　ニューヨークのなかにあるの？」

「いや、ぼくにはわからないんだ。どこの病院だろうとちがわないはずだが……なにか気になるかい？」

「その……このなかに、その病院の名前が入ってる？」彼女はハンドバッグからリストを取り出し、彼に渡した。「これは、ドクター・ワイマンの看護師さんからもらったの。わたしはもうあの病院にはもどるつもりがなくて……代わりの病院の候補のリストを用意してもらって、自分で探そうと思ったの」

マーティは彼女の片手をつかんで、強く握った。「仕事の材料を探していたんじゃないのか？」

ジュリアは首をふった。

「ねえ、今度はなにも問題は起きないよ。きみは好きな病院を選ぶといい。ぼくもこのリストに目を通すよ。きみはただ……」

「問題はないの、マーティ。このなかから三つの病院をもう選び出してあるから。二軒はマンハッタンにあって、最後の一軒はヨンカーズにあるの。わたし……自分で決めたいのよ。カーン上院議員は病院のことをなにか言っていた？」

「ロングアイランドのどこかにあるという話だった。でも、はっきり憶えていない……」

「ロングアイランドに〈ブレントパーク記念病院〉ってあるの。これじゃなかった？」

「うん。いや、ちがうか。ジュリア、思い出せないんだよ。彼が説明していたとしても、ぼくの頭のなかを素通りしていったみたいでね。だからわからない」彼はリストを置いて、彼女のもう片方の手も握り、膝の上に引き寄せた。「今度は、きみが説明する番だよ。なぜ、病院を気にしているんだい？　リストに載っている病院を訪ねてまわって、なにを確かめるつもりなんだ？

なぜ、図書館に行ったの？」

「どれも、とっても若いスタッフが運営している、三軒の小さい私立の病院を訪ねてみたの。若い医者、若い看護師、そしてほかのスタッフもみんな若い病院を。でも、これといったことはわからずじまい。ただ、図書館に行ったのは産科医の資料を借りたかったからなのに、一冊もなくって」

「一冊もないって、どういうことだい？　書架に出してなかったのか？　それとも、ちょうど置いていなかっただけなのかい？」

「置いてなかったの。図書館のひとが探してくれたけれど、ぜんぶ借りられているか、紛失しているか、返却されていないか、処分されていたのよ。なにもかもが。だから、産婆学などの類書もためしてみたわ。わたしの本を探してくれていた図書館の若い子が、ひどくうろたえていたけれど、どれもこれも結果は同じ。ないのよ。そこで、病院の下見もあってヨンカーズにある図書館の支所に行ってみたんだけれど、ここも同じ。職員が書庫を開けてくれたので、自分で探してみたの。でも、一冊もなし」

「いったい、産科関係の本をどうしたかったの？」

「それは、この問題とは関係ないでしょ？　なぜ、なくなっているかが問題でしょ？」

「いや、これこそが問題だよ。いったい、なにを考えているんだい、ジュリア？　本当はなにをどうしたいんだ？」

「十二月の終わりには、出産が待っているわ。そのとき、またブリザードに襲われたらどうするの？　霙《アイス・ストーム》まじりの嵐がきたら？　あなたは産婆さんのやることがわかる？　そう、あなたもそれなりのことはできるでしょう。誰もがみんな知識は持っている。でも、緊急時にそれで対応しきれるかしら？　あなたは緊急時に、自分だけでなんとかできる？　資料が一冊でも手元にあれば……」

「みんな、どうかしちゃったんじゃないのかな。誰もかれもが妙なことを言うんだもの。きみは、自分が言っていることをわかっているかい？　なあ、聞いてくれ、ジュリア、そして、ぼくが最後まで説明するまでは口を挟まないでくれ。出産のとき、ぼくはきみを病院に運ぶ。きみの選んだ病院に運び込めるかどうか、それがどこにあるかは、かまっていられない。きみはそこに入院する。必要とあれば、出産予定日の三ヶ月前から病院のそばのアパートで生活してもかまわない。ぼくや、主治医や、きみ自身を、信用し、信頼しなくちゃいけない。それで気が楽になるというのなら、ぼくが産婆学の本を調達してくるけれど、でも、頼むから、ぼくに産婆をさせるのは勘弁してくれ！」

穏やかな口調で、ジュリアは答えた。「資料を一冊手に入れてくれれば、それですむのよ。約束するから」立ち上がって、二人の皿を片づけはじめた。「あとで、スクランブルエッグかなにかを追加で用意したほうがよさそうね。ひとまず、コーヒーにしましょう」

二人は居間に移り、彼女はコーヒーのカップをローテーブルに置いた。「今回の疾病の大流行は、工作員が生化学兵器を撒き散らかしたことによるものじゃないって、カーンは納得したの？」

マーティは鋭い眼差しで、彼女を見返した。「きみは魔女なのかい？　ぼくが、そのことを気にしていたって、どうしてわかったの？」

ジュリアは肩をすくめた。「そうだろうって思っていただけよ」

「カーンは納得していた。ぼくもね。何者かの作為によるものじゃないのさ。話によると、いま世界を悩ませているもっと危険な問題に取り組むべきだからと、彼の組織はこの件を取り下げることにしたそうだ。問題に関する実際の数値が発表されるのを待っている、火薬樽のようなもんだよ。爆発することになるかもしれない。誰もが致死率が恐ろしく上昇しているのではないかと疑っているのに、公式な数字は発表されず、疑惑だけが残るなかで導火線の火がどんどん近づいていている。彼の言う通りだ。ヒラリーが調査をつづけていたら、彼は大きなリスクを背負うことになっただろう」溜息をつく。「われわれがワクチンを開発するよりも早く、変異を繰り返すウイルスの仕業だ。ウイルスが無害のものに変異して、流行が収まるのを待つよりほかにはない。それから、政府は情報公開を再開して、感染者数と死者の数を発表する。誰よりも医療関係者が大打撃を受けることはまちがいない。ひどいこと。だが、いまのところ問題は死者数だけなので、大事にはなっていない」

ジュリアはうなずいたが、彼から目をそらしていた。「遅かれ早かれ」と言う。「なにが隠されているのかを知ることになるのね。わたしは早いほうがいいわ」

ジュリアは花柄のズボンに、イージーオーダーのブラウスとショートヴェストという姿をしていた。淡い色の髪を肩に伸ばしていると、脚の部分が中空になっているゴブレット《ホロウステムド・ゴブレット》のシャンパンを飲む彼女はひどく幼く見える。円を描くように据えた大理石の中央で、ドワイト・グレガーが鑑賞している。グレガーは著名な美術評論家で、周囲で大騒ぎしている連中よりも、彼の一言のほうが影響力は大きかった。彼が大理石の中央から出て、一言でもなにか言うなり、なにか反応を示してくれればいいのに、とジュリアは祈っていた。今夜、この場で気が楽になるような評価を得られるとは思っていなかったけれど、せめて何かしらの反応が欲しかった。彼が朝刊に書く記事を読むまで、おそらくこれをどう思ったのかはわからずじまいでしょう。シャンパンをまた飲むと、懇願するような目でマーティを見た。

「彼って、あそこで寝ているみたい」

「ジュリア、落ち着くんだ。彼は分析しているところだよ。きみは彼が思うよりも知恵があって、才能があって、無意識の領域に隠れていた暗いイメージをかたちにした。彼はその意味を感じ取ろうとして、つかむのに苦労している……」

「それって、誰からの受け売り？」

「ボイルだ。彼もあの大理石の環に見とれていたよ。今夜はずっと、あの環のなかに入っては出ることを繰り返していた。そして、しげしげと見つめていたんだ。ひどく驚いたような顔をボイルがしていたのに、気がつかなかったのかい？」

「驚いていたの？　わたしは体調がよくて妊娠しているって、彼に伝えてもらいたかったのに」

マーティは一緒に大笑いしてから、それぞれ別の客と話をするために別れた。印象的な素晴らしい展覧会だった。庭の景色は美しく、照明は効果的で、木材を編んだフェンスのすぐ後ろに滝が設けてあり、小さなその滝の下の滝つぼは暗く謎めいて見える……マーティは誇らしげに自分の家の庭を歩きまわった。

「マーティ?」ボイルが呼び止めた。「きみと話がしたい。フェンスのそばで三十分ほど。いいか?」

グレガーがようやく環の中央から離れ、まっすぐジュリアへと近づいた。彼はジュリアの手を取り、じっと顔を見つめたまま口元に手を引き寄せて軽くキスをした。「奥さま。じつに印象深かったですよ。とても虚無的で。あれが持つ虚無感にお気づきですか? もちろん、おわかりでしょうね。さらに、誇らしげでもある。虚無的と誇りがないまぜになっている。不思議な組み合わせだ。今回は、人間のなんたるかを描こうとした。そういうことですか? 人間のはかなさを。悲しい。じつに深い悲しみを感じました」

「人間の荒廃、廃墟、そして死滅からはじまる循環を、あなたはかたちにした。泥のなかから発生した、生命の起こりから最期のうねりまでを……。それを、表現したかったのではありませんか?」フランシス・リフィーヴァーが歩み寄ってきて、ジュリアは相手の口からもれる甘ったるく不快なマリファナの匂いにつつまれた。「循環がこの石からはじまるとするのなら、未来に希望があるというメッセージがこめられているのね。そういうことでしょ?」

匂いを払おうとして片手をふりながら、グレガーが一歩引き下がった。「もちろん、いつでもロマンティックな解釈を望みたがる者がいる……」

「ミスター・ドワイト、ロマンティックですって? あなたも、典型的な男性的反応をするのね。

わたしのやってきたことを、ご覧なさいな。わたしはありとあらゆる人類を破壊して、原始の泥の状態にもどそうとしているでしょう。人類というものは生まれ落ち、自分の失敗《フィート・オブ・クレイ》から逃れ、より高い次元の存在になろうとしていることを描いているのだと、わたしは思っています。あの石を本当によく見てみた？　陰惨な側面はないでしょう」

ドワイトとフランシスはジュリアのことを忘れてやり合っていた。二人は自論を闘わせながら環にもどり、残った彼女は赤セコイアのフェンスにぼんやりともたれ、ひどく酔っていた。

「おや。だいじょうぶかね、ジュリア？」

「ドクター・ワイマン。はい。だいじょうぶです。問題はないですよ」

「まるで、気絶しそうなようすだったが……」

「ほっとしていただけなの。彼らがあれを気に入ってくれたから。あの石が持つとても謎めいた側面のせいで、その意味合いについて二人は議論をはじめて、たがいに自分の解釈を主張し合い、それがきっかけになってもっと多くのひとたちの好奇心を刺激してくれるの……」

ドクター・ワイマンは笑い、大きな大理石に近づきながら、たがいに相手が見落としている細々とした側面について論じ合っている二人の評論家を見つめた。

「おめでとう、ジュリア」

「あなたは、あれをどう思いますか？」

「おいおい、やめてくれ。本物の評論家が意見を主張しているあとで、やぼなことは言いたくない」

「そうなの。意見を知りたかったのに」

ドクター・ワイマンは石の環をふたたび見つめ、肩をすくめた。「わたしは鈍くてね。無神経なのだよ。それに、芸術にはまったく縁がないのだ。ロダンの作品は好きだよ。なにを描いたかはっきりしている作品はね。きみがあの作品でなにを表現しようとしたのかは、わからない」

ジュリアはうなずいた。「でしょうね」

「わたしはロバのようなものだ」

「そんなことはありませんよ、ドクター・ワイマン。わたしもロダンが好きです」

「ひとつ言っておこう。彼らの話を漏れ聞いてしまったのでね。あなたは、あの女性評論家の言うように楽天的な意味をこめたのかね。それとも、グレガーの言うような意図があったのかね？」

医者の代わりにゴブレットを見つめながら、ジュリアはシャンパンを飲み干した。飲み干したあとで、溜息をつく。「シャンパン、大好き」そして、相手に微笑んだ。「石そのものが答えを示しているわ。だから、あなたも自分自身でそれを読み取らなくてはだめなの。わたしの口からは説明できません」

医者は笑い、二人は別れた。カウンターとバーのようすを確認するために、ジュリアはふらふらとした足取りで家にもどった。料理と飲み物の準備をしているマージー・メロンと簡単に話をする。すべて問題なし。良いパーティになっている。展覧会は大成功だった。屋外でカメラのフラッシュが、次から次へときらめいた。

「なあ！　本当に大成功だね、そう思わないか？　みんな、きみの作品を気に入ってくれている！　きみのこともだ！　きみと結婚できて、ぼくも嬉しいよ！」

マーティがこんなに嬉しそうにしているのを見るは初めてだった。彼はしばらくのあいだジュリアを抱きしめ、両方の瞼にキスをした。「ジュリア、きみのことが誇らしくてじっとしていられないんだ。いますぐ、きみの服を脱がしてベッドに連れていきたいくらいだよ。そのくらい感激してる」

「わたしもよ。よくわかってるわ」

「早めに、お客さんたちに帰ってもらうか……」

「そうね、そうしましょうか」

環のそばの人間から呼ばれたので、ジュリアは彼から離れた。マーティは彼女を見つめている。「彼女はとても才能がありますね」そばにいた女性客が、彼の耳元で言った。ふり返る。知らない女性だ。

「エスター・ワイマンです」ハスキーな声で彼女は自己紹介をした。ひどく酔っ払っている。「彼女が、とっても羨ましいわ。一時的なものであってもね。とっても才能があって、天才的で、創造性にあふれているのよ。明日、それがうしなわれるとわかっていても、価値があると思うの。短期間のことであってもね。とっても創造性にあふれて、とっても美しいわ」

女はストレートのスコッチの匂いがするグラスの中身をこぼしてしまった。彼女はグラスの縁を舌先でなめ、ふらつきながらバーの方へと向きなおった。「あなたもそう思うでしょう？　お酒はどこ？　パーティの主人《ホスト》はどこ？　どうして、ホストはわたしを助けに来てくれないの？　でも、だいじょうぶ。このエスターはだいじょうぶ。よいしょ」

マーティが心配そうに見つめていると、彼女がよろけた。「ありがと。ところで、あなたは誰なの？」

「ぼくが、お探しの主人ですよ」と冷ややかに答えた。「彼女の時間は短いって、どういう意味ですか？　なにを言おうとしたんですか？」

エスターは彼の手をふり払って、身を引いた。「なんでもないの。意味なんてないのよ」女はよろけながら彼のそばから離れて、三歩ほど小走りに進むと、笑っている客のグループに紛れ込んだ。妻が倒れないようにと、夫のワイマンが片腕をまわした。エスターが夫になにかを説明し、夫のワイマンが彼らを見つめているマーティを見上げた。妻を抱えたまま医者は踵を返し、二人はダイニングに通じるドアへと歩き出した。マーティは彼らを追おうとしたが、戸口にボイルが現れて、こっちに来てくれと手招きをした。

尋ねたところで、医者は何も喋らないだろう。そもそも、酔っ払った妻を抱きかかえている以上、ろくに話ができるような状態でもないはずだ。ダイニングのドアをもういちど見てから、ボイルについて外に出た。

誰かに写真を撮らせてくださいと頼まれた。そこで、手を繋いでジュリアの隣に立ち、フラッシュが光った。そばにいる者が新たにシャンパンの栓を抜き、ポンという音が響く。ほかの誰かが笑い転げながら悲鳴をあげはじめた。パーティの中央部から離れ、ボイルが待つ小さなテーブルにすわる。

「見たところ、ここなら安全そうに思えたものでな」ボイルが言った。彼はクォートサイズの瓶ビールを飲んでいる。「なにか新しい情報を見つけたか？」

二人の背後で滝が音をたてている。マーティはパーティ客を見つめた。説明する。「推定にすぎないことはご存じでしょうが、死亡数がわかりました。公式の書類のかたちにはなっていません。でも、数字がわかったんです。五年前の死者は百八十万人で、今年は一千四百五十万人です」

ボイルは咳き込み、ハンカチで顔を覆った。ビールをグラスに足して、時間をかけて飲んだ。

相手が飲み干すのを待って、マーティは言った。「いっぽう、出生数は三百五十万人から、百二十万人に減っています。無事に生まれた新生児数です。新生児千人のうち六十三人が亡くなっていることがわかりました。つまり、死亡率は六・三パーセントとなります」

ボイルはじろりと彼を見た。何も言わずに、彼はパーティへと目を向けた。

マーティは、客と談笑するジュリアを見た。いままでにないくらいに彼女は美しい。妊娠のせいでふくらんでいる細面の顔が、生き生きと輝いている。あのふざけた女《ビッチ》は、彼女のことをなぜ〝短期間〟と表現したのだろう？　頭のなかでジュリアの声が聞こえるような気がする。遅かれ早かれ、どういう意味かはわかるはずよ、と。でも、彼女はそれをわかっていない。ボイルもわかっていない。核兵器を研究したホワイトのような科学者は、そこに価値が見いだせるのであれば、研究を進める。科学者の共同体だけが、真の共同体であると古くから言われている。科学者相互のライバル関係はあっても、堕落は起きない。科学者たちの世界に、嘘は通じない。目をこする。それにしても、どれだけの科学者が、一部のメンバーの判断で生化学的実験が行われていることを知っているのだろう？　一流の科学者たちの疑問を封じ、一握りのメンバーが判断を下し、最終的にそれを共同体の総意にしてしまうのだろう。外部のアマチュアが異議を唱えても、共同体の者は一人も疑いを抱かない。

腹立たしそうに、マーティは指でテーブルを叩いた。あれこれと考える。馬鹿げたことを。疑いを持つと、彼らはぼくの資格と白衣を奪うのだ。そう、忌々しいことに、奴らにはそれができる！　六人か、八人か、十人かは知らないが、その首脳陣は全員一致で支持を決めた妥当とみなす理論を推し進める。そして、この一年間に、アメリカだけで一千四百万人が死んだ。世界じゅうでは、どのくらいの人数になるんだろう？　一億人？　それとも、二億人？　ぼくらには知りようがないのだろう。

「ヒラリー、明日できるだけ早くに、ぼくはケンブリッジ大学に行ってみるつもりだ。スミサーズの未亡人と話をしに」

ヒラリーはうなずき返した。「この致死率から見て、俺たちはいつ頃まで生き延びられるのだろうな？　たぶん、スミサーズは正しくて、四十パーセントの人間が危機にさらされるかもしれん」

「二年前に疾病が蔓延しはじめて、十二年半ほどたてばそうなります」計算をせずにはいられず、マーティは説明した。答えがわかっても、その意味がよくわからない。じっくり考える心の余裕がなかった。

ドクター・ワイマンの手を一瞬握ってから、ジュリアが話をしている。彼女ガうなずき、医者は踵を返すと、立ち去った。ワイマンの妻は何と言ったっけ？　なぜ、あんなことを口走ったのだろう？　もしも〝特権階級の連中〟が実在するなら、彼女もその一人だ。旦那のワイマンと同じように。カーン上院議員と同じように。ほかに誰がいるのか？

「信じられん！」

「わかっています」

「奴らが、こんな死亡者数を隠しおおせられるはずがないだろう！　フランスはどうなっている？　イギリスは？　ロシアは？」

「不明です。ここ四年間、数字は発表されていません。ファイルは焼却され、紛失し、まともなかたちで残されていないのです。まったく」

「そんな馬鹿な！」ボイルは叫んだ。

ジュリアはやたらと煙草を吸い、電話が鳴るまで歩きまわった。彼女は受話器をつかんだ。「マーティ！　だいじょうぶ？」

「だいじょうぶだ。なにか問題はなかったかい？」息を切らせているらしく、がらがら声になっている。

「ダーリン、ごめんなさい。驚かせたくなかったんだけれど、ほかに連絡手段がなかったの。いまはなにも言わなくていいわ。家に帰ってきて、マーティ、まっすぐ家に。いい？」

「でも……わかった、ジュリア。十五分のうちに、旅客機が出発する。二時間以内に家に帰るよ。待っていてくれ。きみのほうはだいじょうぶかい?」

「ええ。元気よ」カチリと電話が切れる音がして、ふたたびひどい孤独感にさいなまれた。自分が書き込んだメモ帳を取り上げ、書いた文字を確認する。「レスター・B・ヘイズ記念病院の、ドクター・コナントに連絡を」とある。

「わたしのリストにあった候補の病院のひとつでもあるの」マーティがこれを見たときに、ジュリアは説明した。「ヒラリーが職場の自分のデスクで昏倒したので、ここに搬送されたんですって。マーティ、彼らはヒラリーを殺すつもりなの?」

マーティはメモを握りつぶし、投げ捨てた。ジュリアがふるえているのに気づいていたので、黙って彼女をしばらく抱きしめた。「何ヶ所か、電話をかけるところがある。きみはだいじょうぶか?」

「うん。もう、落ち着いたわ。マーティ、もう出かけないわよね? 病院に行くつもりなの?」

「しーっ。問題はないはずだよ、ジュリア。すわりなさい。落ち着いて」

ボイルの秘書が知っているのは、彼女がデスクに突っ伏している彼を発見して、それから数分のうちにコルチャックか誰かが救急車を要請して、病院に搬送してもらったということだ。病院の説明では、ボイルは深刻な状態ではないという。以前にも似た症状を起こしたことがあったものので、関係者は誰も不安には思っていなかったが、落ち着かずにいた。ただ、番組のはじまるまえに急病になったのは初めてとか。

マーティは受話器を叩きつけるように切った。「以前も経験があるそうだ。きみの候補の病院と重なったのは偶然だろう」

ジュリアは首をふった。「そんなこと、信じられない」彼女は自分自身の両手を見つめた。「ボイルは何歳なの？」

「五十か、五十五歳か。ぼくは知らないんだ。なぜ？」

「治療をしてもらうには、彼はもう歳を取っているのよ。奴らは殺すつもりよ。インフルエンザの合併症か、急性心不全ということにして。デスクで心不全を起こしたんだって説明するんだわ」

「彼は本当に心不全を起こしたのかもしれない。自分で車を運転していたし……太り過ぎだし、働き過ぎで、女好きで、大酒呑みだしね……」

「スミサーズはどうだったの？　スミサーズの未亡人に会えたの？」

「ああ。会ったよ。午前中、ずっと……」

「そして、あなたがあっちに到着してから一時間もたたないうちに、ヒラリーが倒れたのね。あなたは核心に近づき過ぎたのよ、マーティ。だから、彼らが動きを起こした。スミサーズや、彼の業績についてなにかわかった？」

「よくある話だった。彼は研究発表を急ぎすぎたために酷評され、一年以上かけて論文《ペーパー》を発表しようとしたが、何度も突き返されてしまったそうだ。その時期に、自分の研究成果がすべて握りつぶされていくのを目にしたわけだ。彼の奥さんは納得がいかないようだったが、スミサーズが自殺したのは事実だと言っていた。ただ、その口ぶりから、彼らがスミサーズを追いつめていたのが原因だと思っているようだ」

「彼の研究論文は？」

「消えた。未亡人が整理できるようになったときには、すべてなくなっていたそうだ。片づけるものがなにも残っていなかったんだって。未亡人は、夫が自分で破棄したのだと思っていた。ぼくには見当がつかない。たぶん、そうなんだろう。彼らが盗み出したのかもしれないけれどね。もう手遅れだった」

電話が甲高い音をたて、二人はぎょっとした。マーティが出る。「はい、ええ……」彼はジュリアを見て、背中を向けた。手が白くなるほどきつく、受話器を握りしめている。「はい。もちろんです。一時間のうちには行きます」

マーティが電話を切って向きなおると、ジュリアは真っ青になっていた。「聞こえたわ」彼女は言った。「彼らの……病院のひとつからでしょ。メンバーにドクター・コナントが入っている」

マーティは椅子にすわり、心ここにあらずといった口調で答えた。「ヒラリーが危篤状態になった。彼らのしわざだとは思っていない。信じられない。彼が、こんなことになるなんて」

「病院に行くの？　罠だって、わかっているでしょ」

「ああ、でも、ほかにどうしようがある？　その気があれば、彼らはいつだって、ぼくを捕えることができる。こんなやりかたをしなくてもいいはずだ。逃げ隠れできる場所はないのだから」

「なにが狙いなんでしょう。お願い、行かないで」

「わかっているだろう？　クロマニヨン人とネアンデルタール人の闘いが、また繰り返されているようなものだ。どちらか一方だけが生き残る。ぼくらと彼らは、同じ生態学的世界に共存することができない」

「彼らは彼らで好きなように暮らして、わたしたちと関わらなければいいんじゃないの？　彼らのほうが長生きなんだから」

「このことをいつまでも隠しおおせられないと、彼らも気づいているんだ。十年以内に事実が明らかになるだろうし、彼らのほうが多数派になっているだろう。彼らも生存競争のために闘っているんだ。奴らのほうが最初に攻撃してきただけで、悪くない戦略だよ」

彼は立ち上がった。ジュリアは夫の腕にすがりついて引いた。マーティは顔を強張らせ、よそよそしい態度を取っている。「行けば、彼らの勝ちよ。それはまちがいないわ。いまなにが進んでいるのかを理解しているのは、あなたしかいないから。わかっているでしょ？　あなたはボイルよりも価値があるの。彼はただ直感でおかしいと気づいただけで、あなたがそれを詳しく分析していたのよ。ボイルはほとんど理解できていなかった。でも、あなたは……。彼らは組織化されていて、あなたを抹殺するか、それとも彼らの計画を手助けさせられることになるでしょう。なにかの手助けを」

マーティは彼女にキスをした。「行かなければならない。ぼくを抹殺したいだけなら、こんなやりかたをしてはこないだろう。ほかに用事があるんだ。忘れないでくれよ。ぼくには絶対に帰ってこなきゃならない理由が山ほどある。きみと、赤ん坊だ。だからこそ、彼らのことがとても憎い。帰ってくるよ」
ジュリアは身体がふらついたので、彼が踵を返して家から出ていくまで椅子につかまっていた。行く手をじっと見つめながら、ゆっくり椅子に腰を下ろした。

意外に感じないまま、マーティはドクター・ワイマンを見た。「ヒラリーは亡くなったんですか？」

「残念ながらな。処置のほどこしようがほかになかった。致命的な動脈瘤破裂で……」

「あなたにとっては好都合だったでしょうね」

「それは、見かたしだいだろうな。すわってくれ、ドクター・セア。きわめて深刻な問題について、きみと話したい。時間がかかるだろう」ワイマンは隣のオフィスにつづくドアを開き、手招きをした。部屋に白衣の男が二人やってきて、マーティにうなずくと椅子にすわった。一人は書類のフォルダーを持っている。

「ドクター・コナントと、ドクター・フィッシャーだ」ドクター・ワイマンがドアを閉め、安楽椅子にすわった。「すわってくれ、セア。いつでも、ここから出ていってかまわない。疑うのなら、ドアに鍵がかかっていないことを確かめてみるといい。きみは囚われの身ではないのだ」

マーティはドアを開いた。廊下には誰もいなくて、ジグザグに並んだ黒と白のタイルが鈍く光り、遠くからエレヴェーターの音が聞こえ、ドアが開閉する響きが伝わってくる。別のドアが開いて看護師が出てきて、別のドアの奥に消えた。

マーティはふたたびドアを閉めた。「わかりました、おっしゃる通りですね。すべては、あなたしだいということですか？」

「ちがう。わたしがなにかを決めているわけではない。きみに出会ったときから、こういう状況下で、話をすればきみは容易に理解してくれるものと考えていた。それだけなのだ。事情を知っているのは二人……いや、数人だけだ。きみが賛成してくれるのなら、わたしはなにもしなくてすむ」

マーティは首をふった。「ぼくに価値があると思ってらっしゃるんですね？　なぜですか？」

ワイマンは身を乗り出した。「一言断っておくと、われわれは怪物ではなく、ほかの人間と同じだ。スミサーズが言った通りなのだよ。きみも理解しているだろう。彼は本当に心臓発作を起こして死んでしまった。そして、それにまつわるほとんどが過去のものとなった。そういうことだ、セア。人類の四十パーセントにとってね。きみならどうする？　われわれは、公の場でどう行動すればいいだろう？　クジ引きでもすればいいのだろうか？　いまのところは極秘裏に活動しているが、いずれ状況は変わる。われわれは誰も殺したいわけではない。この状況を理解できない者は、われわれを害獣のように見つけ出しては葬ろうとする。わかっているだろう。当初から、対応にあてるための時間を必要としていた。われわれはほかの人間と一緒に暮らしながら、弱い立場にあったからだ。ごくわずかの者だけが、なにが起きているのかに気づき、その対策を考え、確認実験を行い、結果を確かめ、なにに用心すればいいかなどを検討するなど、やれることすべてを行った。じつに大変な作業だった。仲間を守り、その数を増やさねばならなかった」

ジュリアの言う通りだなと考えながら、マーティは相手を見つめていた。うしなった赤ん坊たちのこと。ぼくら二人のこと。新たな生命のこと。時間の余裕がなくなることを、彼女は恐れていた。この医者や、同類の連中を。彼らは何か細工をしたのか、それとも、最初の二人の赤ん坊はただ単に手違いで亡くなったのだろうか？　本当に問題があったのか？　背筋に冷たいものを感じ、手の指が強張っているのに気づいて両手をひろげた。

「多かれ少なかれ、ここと同じように、どこでも同じ状況になる。きみはどこかで目にしたことがあるだろうか……？　いや、ないだろうな……率直に話そうか、セア。この世界は一年ほどまえから、一触即発の火薬樽のような状態になっているのだ。スペイン、ポルトガル、イスラエル、中東の主だった国々で戒厳令が敷かれている。中国の情報は完全に規制されている。ストライキと暴動で日本は混乱し、さらに悪化している。情報は遮断されている。どの国も同じような状況だ。すべての情報が検閲されている。極めて重要度の高いものでなければ、渡航も制限されている。フランスは六ヶ月間の鎖国状態になった。イギリスも同じだ。メキシコと同じように、カナダも史上初めて国境を封鎖した。かたちばかりだが疫病の蔓延を阻止するためにと、ユネスコはこれら各国の動向すべてを支持している。だが、死亡者数の急増については、必死に隠そうとしている。誰もが恐慌状態におちいり、これからどうなるのかと恐れている。疫病の爆発的蔓延がつづくあいだは、この状況のままだろう。恐怖のため、国境を封鎖するのだ。きみが真実を明かせば、世界じゅうに混乱がひろがる。そうなれば、制御できなくなる。わたしの説明が正しいことは、わかっているはずだ。だから、きみとボイルが進めていた調査を放置しておくわけにいかなくなった」

マーティは立ち上がった。「あなたは人道主義者のふりをしていますが、いまここで死ぬことになるかもしれませんね」

「すべては、きみの態度しだいだ。なんらかの科学的な教育を受けた者のほとんどは、すぐに、われわれの行動の真意を知り、このような状況を抑える手段はひとつしかなく、それを実行に移したのだと理解してくれるだろう。ここだけの話だが、遺伝子操作で疫病に耐えられるRNAを備えることができない人間の半分以上は、人類を絶滅させかねない世界規模の疫病の蔓延で亡くなる。政府は、年配の人間で構成されている。年配の人間は、RNAを操作できない。世界各国の首脳全員がこのことを知ったらどうなるか、想像できるだろうか？　大混乱におちいり、なにも残らないだろう。われわれは、そのような状況にならないようにするために活動しているのだ」

「真実を漏らしそうな者を消すかどうかは、自分たちが判断するというわけですね……」

「〝消す〟だって？　医薬品の流通、移植手術、生命維持装置などの発展によって、ダーウィン的な種の進化は一変した。そのため、一世代ごとに遺伝形質は、精神的にも肉体的にも、どんどん弱体化した。きみは、われわれを人殺しだと考えているが、次世代への遺伝子継承をせずに犠牲者を出すよりも、インスリンの処方を間違えて糖尿病患者を死なせてしまうほうが殺人に近いとは思わないかね？」腕時計をちらりと確認し、壁掛け時計を見上げてから、ワイマンはうろうろと歩きまわりはじめた。

「判断は難しいものだったし、さらに厄介なものもある。われわれは全員、親しい者をうしなった。全員がだ！　コナントは最初の奥さんを亡くした。わたしの妹も……。脅威にならない者を、探して殺したりはしない。だが、相手がわれわれにとって問題になるならば、危篤状態の場合は、放置して見捨てることになる」

マーティは唇をなめた。「〝危篤状態《ターミナル》〟か。急性の喉痛や急性の虫垂炎など、なんとでも説明をつけて始末するのですか」

「人類は危篤状態におちいっているのだよ、セア。死にかかっている。生まれた日から、死に向かっているようなものだ。それを、われわれは長引かせないようにしている」

「新生児のことを言っているのですか？　子供に手を出しているのか？」

「疫病に耐えられない新生児を、五十年や六十年のあいだにわたって保護しろと言うのかね？いずれ亡くなるなら、早いほうがいい」

マーティは黙っているほかの医者を見た。二人とも部屋に入ってから動かず、すわったままだ。ワイマンに向きなおった。「あなたは、ぼくをここに呼び出した。なにが望みなのですか？」

「きみの協力が必要なのだ。きみのような人間を必要としている。全人口の四十パーセントのなかから無作為に抽出した人間を引き入れているが、調査をつづけながら、その結果をうまい具合に処理するのに必要な、有能な人間が不足している。きみがやっている仕事と同じようなものだ。おっと、きみからすれば分野はちがうかもしれないがね。だから、われわれは、きみを必要としている」

「つまり、それに従えば、ぼくはこの先二十年あまりのあいだ、血栓症などの致命的な病気にならずにすむということですか？」

「それだけではないのだよ、マーティ。まだある。最近、保険加入のために診察を受けたときに、きみはお決まりの検査も受けたね。最終的な判定は出ていないが、大まかに確認させてもらった。きみは合成ＲＮＡに対して問題がない。もちろん、さらに詳細な検査をする必要があるが、きみは処置に耐えられるものと確信している」

「ジュリアはどうなるんです？　彼女をどうするつもりですか？」

「マーティ、不老不死がどういうものなのか、わかっているかね？　ただ単に、寿命が十年、百年、さらに千年伸びるということではないのだよ。現在、研究データからわかるかぎりでは、事故でもないかぎり無限に生きつづけられるようになるのだ。さらに、われわれの合成ＲＮＡの処置技術は、日々、進歩している。永遠に生きられるのだよ、マーティ。いや、きみには想像もつかないだろう。誰一人ね。たぶん、数百年のうちに、われわれはその意味を把握できるようになるだろうが、しかし、いまはまだ……」

「ジュリアはどうなるんだ？」

「彼女に危害を加えるつもりはない」

「あなたはすでに彼女も検査した。結果を知っているはずだ」

「ああ。彼女はＲＮＡの処置に不適応との結果が出た」

「なにか手違いがあるかもしれないのに、あなたは腕組みをして彼女が死ぬのを放っておくつもりですか。そういうことなのか？　そういうことか？」

「きみの奥さんについては、最終結果が出たのだ！　わからないのかね？　彼女が脳死状態になって、人工透析器をつなぎ、人工心臓や人工呼吸器をつけていたとしたら、きみはそれを止めたがるだろう。わかっているはずだ。これからの四十年以上の歳月のために、それはなんのために、彼女やほかの一般人が亡くなるときのために、それなりの処置を準備する。でも、それはなんのための処置だろう？　どう思うかね、ドクター・セア？　このことを知れば、彼ら一般人は反旗をひるがえしてくるだろう。不老不死の問題を、われわれはあとほんの数年は伏せておくことができる。われわれは自分たちの有利な立場を推し進める。死ぬ運命にあるひとびとの寿命を伸ばすことはできないと、断言してもいい。では、彼ら一般人はそれを邪魔するとは思わないか？　いま、このことに気づけば、彼らはわれわれを追いまわし、殺し、研究を破壊するだろう。人間は疾病に罹ったときには、それを根絶するよりも、みんなにも感染させようとするものだ。きみの奥さんは出産した時点で三十五歳になっている。一世紀もまえには、こういう高齢出産は命を落とす原因になった。三十五歳は高齢者にあたった。現代医学は彼女の若さをたもつことができるが、それは人工的な若さだ。いずれ亡くなることに変わりはない！」

マーティはワイマンへと近づこうとしたが、相手は用心してデスクの奥へと引き下がった。コナントとフィッシャーが、すぐそばでマーティを見つめている。彼は顔を覆いながら、椅子にすわり込んだ。手遅れか。いまのところは。でも、自分にできることはないか考えろ。落ち着きをうしなうな。

「どうして、このことをぼくに説明したのですか？」少したってから尋ねた。「ボイルが亡くなったからには、ぼくも失業だ。あなたたちの邪魔はもうできない」

「われわれは、きみと戦おうと思っているわけではない。きみは科学者だ。自分個人の感情にふりまわされず、結論を受け入れることができる。だが、それとは別に、きみの子供の問題があるね、マーティ。きみの子供は助けてやりたい。ジュリアは産科の資料をずっと探していたな？手に入れられただろうか？」

マーティは首をふった。出産の資料か。ハーヴァード大学で尋ねてみるつもりだったのに、忘れていた。「ぼくの子供か。あなたはぼくの赤ん坊を……まえの赤ん坊二人はどうなったんだ？二人とも……？」

「いま、われわれが心配しているのは、奥さんが身ごもっている子供を無事に出産させることだ。あの子もRNAの処置が可能なタイプだと思われるのでね。だから、無事に生まれてほしい。説明したように、老若男女を問わず、処置に不適応なのは全人口の四十パーセントだ。さらに五十歳を少しでも越えれば、処置に耐えられなくなってしまう。その原因はまだつかめていないが、いずれ解明してみせる。彼らも死ぬ運命にあることは、きみもこれでわかっただろう。年齢の問題があるため、現在の総人口のうちの約二十五パーセントだけが、処置が可能なのだ。だから、赤ん坊が必要だ。〝死〟の意味を初めて知る時点で、それを恐れる必要のない新世代を生み出したい。彼らがどういうふうに育っていくのかは見当がつかないものの、いまとは異なる人間になるだろうが、それでも新たな世代が必要だ」

「でも、合成RNAの処置がうまくいかなかったらどうするんです？」

「マーティ、妊婦が風疹に罹ったならば、高確率で問題が起きるために堕胎をすることもある。わかっているな。残念ながら、われわれの医療技術では胎児の状態を完全に判断することができない以上、妊娠したならばそれをそのまま受け入れるしかない。問題の可能性がある場合に打てる手段はひとつだけ。中絶だ」


たがいに相手が目覚めているとわかっていながら眠っているふりをし、触れ合わないようにしながら、マーティとジュリアはならんで横になっていた。ジュリアの頬には乾いた涙の跡が残っている。二人とも一時間あまりじっと動かなかった。

「でも、馬鹿ばかしい話だ。どっちがクロマニヨン人で、どっちがネアンデルタール人になるというんだろう?」マーティは嘆くと、身を起こした。

ジュリアも上半身を起こす。「どうしたの?」

「なんでもないんだ。ごめん。寝たほうがいいよ、ジュリア。ぼくは、もうしばらく起きているから」

ジュリアは両足を勢いよくベッドの外に出した。「いま、話せない、マーティ? いまここで、話したいんだけれど」

マーティは小声で愚痴をこぼすと、寝室を出た。

これも連中の計画の一部だな。まず、ぼくらを仲たがいさせれば、ぼくを仲間に取り込むことが容易になる。バーボンに水を注いだグラスを手に、台所の椅子にすわる。

「マーティ？　だいじょうぶ？」ジュリアが戸口に立っていた。彼女はいまでも外見からは妊娠の兆候があまりわからず、腹が少しふくらんでいるだけ。彼は顔をそむけた。妻が真向いの椅子にすわった。「マーティ？　なにがあったのか教えてくれないの？」

「やれやれ、ジュリア、かまわないでくれよ！　ずっとついてまわるのは勘弁してくれないか？」

彼女が腕に触れてくる。「マーティ、彼らに脅されたんでしょ？　彼らはあなたが折れると思っている。どうするつもり？」

急に立ち上がると椅子がひっくり返り、グラスも倒れた。「それは、なんの話だい？」

「彼らが情け容赦のない脅しをかけてきたんでしょ、ちがう？　わたしがいなければ、ことはもっと容易にすむのでしょうけれど、でも……」

「ジュリア、そんなことは言わないでくれ。きみがなにを言っているのか、わけがわからないよ……」

「今度の出産では、わたしは死ぬことになるの？　それが彼らの計画なの？　彼らに協力すれば、赤ん坊は無事だと言われたの？　それも計画の一部なの？」

「誰かがここに来て、そう言ったのかい？」マーティは妻の腕をつかんで、椅子から引き起こした。

彼女は首をふった。

彼はしばらく妻を見つめたかと思うと、急に彼女をきつく抱きしめた。「ぼくは気が変になっていたんだ。奴らの言うことを信じてしまっていた。ジュリア、すぐ、この家から出よう。明日には」

「どこに行くの？」

「ぼくにもわからない。どこかだ。どこでもいい」

「マーティ、逃げまわるのは、やめたほうがいいわ。わたしにはもう体力的に限界があるから。それとは別に、逃げ隠れする場所もないわよ。どこに行っても、みんな同じ。あなたの話を聞いてくれるひとなんて、見つかりっこないから。あなたのデータ・ファイルを調べれば、見つかってしまう。あなたのデータがどんなふうに記録されているのか、わたしたちにはわかりようがないでしょうし、なにか役所の手続きがあるたびに『ご心配は要りません、ドクター・セア。われわれにお任せください』って。パスポートを申請しても、医学的問題を理由に渡航を禁じられるでしょう。そして、わたしたちがいくら頑張っても……結果は同じよ」

ジュリアは目に隈ができていて、顔は青白かった。十一月の初旬の寒いシカゴにある、ミシガン湖を見下ろせるアパートに二人はいた。道路を抜ける旋風にあおられて、粉雪がふわふわと舞っている。

マーティはうなずいた。「奴らはどこにでも監視の目を光らせているのだろうか？　私設の産婦人科にも！　母親と子供の安全を守るための病院にも。いま、汚染されている多くの病院から、母子を隔離しなければならないはずの産婦人科でも。肺炎やインフルエンザやブドウ球菌から守らなければいけないはずの病院が……ひどい話だ！」額をグラスにあてて、埃のような乾いた雪を見つめた。

「マーティ……」

「ちくしょう。タバコがないよ、ジュリア。ひとっ走り出て、買ってこないと」

「うん。わかった」

「なにか必要なものはあるかい?」

「ううん。ないわ」夫がコートを着て出かける様子を見てから、ジュリアは窓際に立ち、アパートから出て道路を進む彼を見送った。赤ん坊が腹を蹴ったので、片手をあてる。「だいじょうぶよ、赤ちゃん。ぜんぜん心配しなくていいの」

交差点で信号が変わるのを待つマーティは、無数の点のひとつにしか見えなくなった。周囲と見分けがつかない。「マーティ」とつぶやく。そして窓から顔をそむけ、椅子にすわった。しばし、目を閉じる。わたしたちは子供が欲しい、不老不死の人間に変わってしまうのではない、この子が。不老不死の人間が増えれば総人口はゆっくりと上昇し、やがて勝手に急上昇をはじめることは、みんなわかっている。ああ、これはただの赤ん坊じゃないのよ、わたしの子供なんだもの。いつも忘れないようにしないと。子供の安全を。彼らが危害を加えることはないでしょう。でも、わたしを放ってはおかないし、今回はこちらも必死だと知っているはず。だから、わたしは葬られる。この子は、わたしの〝死〟の意味を知ることはない。もちろん、RNAの処置ができるかできないかということもあるにせよ、それは本当の問題ではない。母と子の問題よ。ひどい。どうしようもないから……邪魔者は始末するなんて。それとも、放置しておいて、わたしがまた試してみるのを見逃してくれるだろうか？　たぶん、見逃しはしないでしょう。それに、彼らの一員にならなければ、マーティも殺されてしまう。そして、この子が二人の最後の赤ん坊になってしまう。

「だからといって、わたしになにができるというの？」と自分に問いかけた。

両手を激しく開いたり閉じたりする。きつく目を閉じた。「なにができるの？」祈るような口調でつぶやく。「なにが？」

彼女は納屋の一階に置いた、赤い砂岩をいじっていた。二階の工房に持ち上げるのは無理な大きさだったので、工具と台とテーブルといった作業に必要なものを一階に下ろしていたのだ。すきま風が吹き込むものの、厚手の羊毛のスラックスに、ゆったりとした上着を着ていたおかげで暖かい。働きながら調子はずれの口笛を吹く……。

ジュリアは急に夢から目醒めて立ち上がり、身体を支えるために椅子をつかんだ。忘れたらだめよ、と必死に念じる。作品を仕上げるの。作品を創らなければならない。スケッチブックを持ち上げ、また下ろす。一〇×一〇×八の砂岩が必要だわ。さらに、四×三×二の珪石も。ロングアイランドの業者に頼んで届けてもらおう。

「妙なことに、セア夫人。ちょうど、これが入ったところだったんですよ」と業者は答えた。「もう何年も……砂岩なんて仕入れていないはずなんですが」

「明日、家に届けてくれる？」

「奥さん、みんな出払っていましてね。手伝いを呼ばないと。助けがないと届けられませんので」

「わかったわ。画家も、作曲家も、詩人も……」翌日、帰宅すれば業者が岩を自宅に届けてくれている。

ジュリアは電話で午後六時のニューヨーク行きの旅客機の席を二つ予約し、借りているアパートの清算を一時間以内にできるよう準備をしておいてと窓口に連絡し、荷造りをはじめた。額に不思議そうな皺を寄せ、一度、手を止める。芸術関係の友人はみんな、必死に創作に撃ち込んでいる。地球規模の疫病蔓延や渡航禁止など、彼らは知らないし気にもとめていない。


うつむいた姿勢で、マーティはゆっくりと帰ってきた。水面に様々なゴミが浮いている汚れた川の水を見つめながら、小一時間、橋の上でずっと立っていたのだった。オレンジの断片、プラスチックの袋、両手と片目のない子供の人形などが浮いていた。人形は木の枝に引っかかって、しばらく円を描きながらぐるぐるとまわっていたが、やがて見えなくなった。もう遊ぶ者のいない、望む者のいない、愛する者のいない人形。壊れた人形が流れ去った。

風が吹いてコートの襟をはためかせたので、彼は身震いをした。マーティン・セア、このつかの間の時間に、おまえは自分の不滅の魂をどうするつもりかを、決断を下すまでよく考えてみたのか？　じつのところ、はっきり言って、自発的に不老不死の栄光を受けさえすれば、このような時間など一瞬に過ぎず、いつまでも天国で浮かれ暮らすことができるのに。

「ドクター・セア、あなたは道理のわかるひとだ。われわれは奥さんになにも危害をおよばさない。彼女はわれわれの病院で出産することになる。ほかの病院は彼女を受け入れず、都市部の病院も相手にしない。彼女に危害を加えるつもりはない、ドクター・セア。彼女にマイナスになることは、なにも……」

トルケマダ（十五世紀のスペインの異端審問所長官）なら、こう説得するだろう。

どこかにいるんだ。何もかもそっくりな、顔は違っていても、そっくりそのままの子供たちが。

「もちろん、子供は母親から離すが、問題はない。死への恐怖は、死そのものと同じくらいとても危険だ。死は人間を狂わせる。新世代の子供たちには、それに触れさせないようにしなければならない……」

どこかで、こんなやりとりがあるのかもしれない。「ええ、そうです、ドクター・セア。あなたはあとで呼び出され、契約を結ぶことになります。ご存じないでしょうが、予算委員会で検討されたうえでの決定です。さて、ドクター・セア、血清に関するあなたの簡単な理論についてですが。検討させていただきましたが、ドクター・セア、ご存じないでしょうが、あなたの主張を受け入れるわけにはいきません。ご存じないでしょうが、あなたがより確かな証拠を提出できるのならば、その場合、状況は変わってきます。そう、大きく変わるのですよ」

そしてさらに、こう言うだろう。「やあ、マーティ、ちょっとわからないんだ。きみは確かに正しいのだろう。でも、それを確認する手段がない。うまくいくかわからない案件に、全力を尽くすわけにはいかない。わたしはきみが言ったデータ・ファイルを調べてみたのだが、レスター・B・ヘイズ記念病院のドクター・フィッシャーが、今年の三月から八月まで四度も大掛かりな経過観察を行い、きみを詳細に検査したというデータ・ファイルが残っているのを確認した。フィッシャーは、きみが統合失調症の可能性が高いと判断していた。でも、きみはそれを否定した。自分自身のことをよく考えてみるんだよ、マーティ。統合失調症に罹っているのではないかってね」

驚いて飛び上がるべきだった。本当に。彼がアパートのドアを開くと、引っ越し荷物にかこまれ、椅子にコートを掛け、床にすわって周囲にスケッチブックを広げているジュリアがいた。

「ジュリア、なにをやっているんだ？」

「家に帰るの。いますぐに。午後六時には旅客機に乗れるでしょう……」

「でも、ジュリア、きみは……」

「マーティ、あなたが一緒かどうかは抜きにして、わたしは自宅に帰ります」

「つまり、奴らに降参するってことかい？　そうなのか？　長いものに巻かれてこそこそ家に引き上げ、奴らが赤ん坊を奪うのに抵抗せず、奴らの好き勝手に任せてしまうっていうのか……」

「マーティ、なにも説明できないの。わかるでしょ、できないのよ。でもとにかく、家にもどらないといけないの。赤ちゃんが生まれるまえに、作品を創らないと。そうするしかないのよ。芸術家なら誰でもが感じる渇望なの。ジャック・レミー、ジーン・ヴァンス、ポーター、ディー・リチャードソン……。あちらこちらに芸術家の仲間がいるけれど、みんな必死に創作に取り掛かっているの。親友の何人かは、わたしに会う暇もないくらいに必死に仕事をしている。彼らも誰一人、なぜそうしているのかを説明できないの。創作意欲に取り憑かれたら、わたしたちはそれに従うしかないから。ああ、お酒を呑むことができたのなら、深酔いすることでこの気持ちを抑えて、ここに留まるんでしょうけれど……」

「きみは、なにをするつもりなんだい？」彼女がスケッチブックに描いた下絵を床から取り上げたが、それらには意味不明な文様が記されているだけだ。

「自分でもわからないの。紙に描くことができなくて、形にするには、砂岩と工具が必要なの。両手がなにを創ればいいのかを知っているから、実際に彫刻をはじめて……」

「ジュリア、きみはまるで熱病にうなされているようだ。睡眠剤を飲ませてもいいかい。そのあとでも帰りたいと言うのなら、一、二日のうちには家に帰るから。頼むよ……」

彼女は夫を無視したまま自分のコートをつかみ勢いよく肩に羽織ると、袖に両腕を通した。「いま何時？」

「午後四時だ。すわってくれよ。きみは幽霊のように真っ青だぞ……」

「わたしたち、空港で待つことになるけれど、いますぐ出発しないと、交通渋滞に巻き込まれてしまうでしょう。さあ、出ましょう、マーティ。待っているあいだに、サンドウィッチとコーヒーを摂ればいいわ」

空港でも、彼女はじっとしていられなかった。端から端まで通路を往復し、上階《うえ》へのスロープを昇り、着陸したり出発したりする旅客機を眺め、下階《した》に下り、並んでいるショップにふらふらと立ち寄った。彼らの予約した旅客機にようやく乗り込み、座席ベルトを締めると、ジュリアは表面的には落ち着きを取りもどした。

「マーティ、科学的に夢を分析することができる？　夢に見た内容について。待って、まだ説明の途中よ。ほとんどの人間が何度も、直感の閃きのようなものを夢に見たことがあるでしょう？　科学者がいままで未開拓だった見識にいきなり到達して、これまで誰も考えたことのない新しい理論によって宇宙を説明したこととかが、あったわよね？　〝既視感《デジャ・ヴ》〟はどう？　ああ、ほかにもあるでしょう？　閃きとともに、テレパシーを感じ取ったような感覚も。〝千里眼〟はどう？　ヒラリーが言っていた〝魔法のような直感《Xーファクター》〟は？　そういったことについて、科学者たちはなぜいつも触れようとはしないの？」

「わからないよ。考えたこともない。説明がつかない。ほかの科学者たちも同じだろう」エンジンが唸りを上げ、大型ジェット機が雲よりも高い高度に達するまで、二人は黙っていた。シカゴからケネディ空港まで、眼下は雲に覆われていた。

　しばらくしてから、ジュリアは何度か地上を見下ろした。「これも、同じね。雲がわたしたちの視界を遮っているけれども、時々、強い光が一瞬だけそれを貫く。雲が薄くなっているところがあったのか、それとも、短い時間だけでも雲を貫くほど強い光が差したのか。でも、長くはつづかない。雲は厚く、光源はいつまでも明るさを保てないので、また覆われてしまうから。その場には誰もいなくて、光が雲を貫いたようすを目撃した者はいない。だから、その一瞬の光を確認することはできない。雲間に現れた一片の青空か、星か、夜の闇か、飛行中の旅客機のライトかもしれないし……」

「だから、ぼくらは赤外線探知機で雲の先になにがあるのかを確認しようとしているんだよ

「……」

「もしも、雲の向こう側になにかがあって、それが、こちら側と同じように、わたしたちになにかを伝えようとしているのなら、多少は結果が出ているはず……」

彼女は話を聞いていなかった。マーティは相手の片手を取り、ジュリアに話をさせながらそれを握った。まっすぐ自宅に向かっているおかげで、手は暖かく、リラックスしている。

「それがなんであれ、時々、雲の向こう側からこちらに伝わってきて、意識している者に影響を与えるけれど、こちらから働きかけることはできないの。赤外線を使ってもだめ……」ジュリアが我に返った。「でも、別の手段があるかもしれない。内心で感じ取るの。違う方法で探るのよ。精神科医、脳波計《EEG》、薬品、催眠術、夢分析などで……。雲の向こう側を探ろうとするけれど、どうすればあちらに到達することができるのか、到達できたことがどうやって確認できるのかの手段は、まだわからないけれど」

「〝神〟の話をしているのかい?」マーティは妻に向きなおった。「神の領域に達するには、どうすればいいのかっていう話なのか?」

「ううん。人間はいつも神様と同じようにそれを感じ取っているのよ。ただ、人間はそれをいつも感じ取っていながら、それがなんなのか、どう機能しているのかがわからず、なにか途方もない作用だと考えてしまう。だから、人間はそれを神の力と呼んでいるの」

「まあ、ぼくらは人知を超えたものをいつも恐れているからね。魔法、神、悪魔とか……」

「マーティ、なぜ、人間は説明がつくようになるまで、物理的なものばかりを前提にして、心が生む不思議な現象を否定するのでしょうね」

まるで新たな幾何学について話しているようだ、と彼は思った。部品の総量は、もとの合計よりも大きくなることがある。平行線ははるか彼方で交差することもある。マーティは黙り込んでじっと考え、ジュリアはうとうとと眠っていた。「だが、くそっ」少したってから、彼は息を吐き出した……。

「あなたは表層的に物事を考え過ぎよ、ワトソン、皮剥き屋さん」うたた寝をしたままのジュリアが、言葉を継いだ。妻をじっと見つめる。彼女は心理学を学んだことがない。フロイドやユングの表層意識を知っているはずがないのに。

毎日何時間も、炭化ケイ素の研磨剤《パテ》とともに研磨機の輪が甲高い音をたてながら珪石を削っていた。食事時間、休憩時間、そして就寝時間になるたびに、マーティは妻を石材から引き離さなければならなかった。

「ジュリア、きみは自分自身を痛めつけているんだよ。子供にもよくないよ……」

彼女は笑った。「でも、いままでのわたしよりも力強く元気そうに見えない？」

痩せて青白かったが、炎のような力強さのおかげで、いままで一緒に暮らしていたあいだには感じられなかったほどの美しさがジュリアから伝わってくる。瞳が輝いている。何ヶ月ものあいだ彼女を苦しめていた重圧感が、いまはない。お腹に子供がいることなどものともせず、就寝中はぐっすりと熟睡できて、疲れはすっかりなくなっている。

「あなたのほうが苦労しているのよ、ダーリン」優しくそっと彼の頬に触れながら、彼女は言った。その手はひどく荒れていて、爪は割れてギザギザになっている。その荒れた手を取り、彼は自分の頬に押しあてた。

「ワイマンから、電話があるんじゃないの?」一瞬間を置いてから、ジュリアは尋ねた。夫の顔から手を離しはしない。彼はその手をひっくり返して、手のひらにキスをした。「それは心配しなくていいのよ、マーティ。彼は電話をしてくるでしょう。無事に生まれるように、病院に手配をするため、彼らはできるだけ早くわたしに会って赤ん坊の状態を知りたがっているから。でも、だいじょうぶよ」

「奴と話をしたのかい?」

「まさか。してないわ。ただ、彼らがいまなにを考えているのかがわかるの。彼らはわたしのようなタイプの人間を恐れている。創造性の高い人間はたいてい、彼らの合成RNAには向かない遺伝子の持ち主なのよ。ごくわずかにいても、数は限られている。それが、彼らには怖いのね」

「いったい誰にそんなことを教えてもらったんだ?」

「マーティ、わたしがいつもどこでなにをしているのか知っているでしょうに」ジュリアは笑った。「自分の家にいるのは良いものだわ、そう思うでしょ?」暖炉が居間の半分を心地よい輝きで埋め、細長い部屋の残り半分は影に隠れている。「言うまでもなく、合成RNAを移植できるのはすべての人間の二十五パーセントだけだから、創造性の高い者の多くが寿命を延長できなくても不思議ではないでしょう。ただ、残念なのは、作家や画家などの芸術家の一部は、自分が不老不死になると知ったなら、創作を止めてしまうだろうってことね。自分たちが不老不死だとわかったなら、女性は子供を生みつづけるかしら？」

「わからない。きみ自身は、母性本能も不変だと思うかい？」

「変わらないんじゃないかしら？　一、二回の満足のいく食事に、セックスなんかで、根本的な本能は満たされるものじゃない？　女性は一人か二人の子供を生めば、もう充分でしょう」

「そうだとすれば、さまざまな状況があっても、種は存続する。もしも女性が子供を望まなくなったなら、この本能は働かなくなってしまい、あとは時間の問題となるね。妊娠することの意味がなくなれば、妊娠などやめてしまうんじゃないか？」

「誰かが子供を必要としていても、その子供たちによって徐々に認識が変わっていくわ。わたしたちとも、わたしとも異なる認識が。異質な考えかたがね。彼らはわたしたちから知識を得て、わたしたちを超える存在になる。あなたもこういう内容の資料を持っているじゃないの。心理学の発展と一緒にわかってきたことすべてを知っているでしょう。最近では、それを集合的無意識と呼んでいるんじゃなかったかしら」

「ユングの集合的無意識だね」マーティは小声で答えた。「一部の科学者、哲学者、芸術家の業績は、輝かしいレールの中央を外れることなくどこまでもまっすぐにつづいている。たとえば、ダーウィンもその一人だ。スキナーもね。しかし、ほかの者の業績はレールの端に近い脚光を浴びることのない灰色の空間にあって、それが狂気の産物なのかそうでないのかは、誰にもわからない。ときには光の領域、またある時は闇の領域と、ユングはその境界線上で自分の人生の大半をついやした。彼の集合的無意識とは、生きているあいだに人間心理にまつわる謎を解き明かさずにはいられなかった男の幻想のようなものだ」

ジュリアは立ち上がって、伸びをした。「ああ、疲れた。お風呂の時間よ」マーティは彼女を一人で風呂に入らせていなかった。「マーティ、なにか——その、あの——危機にさらされているものがあると思うの。世界を知り、人類のものの見かたが頻繁に変わるなかで形作られてきたものが。それが完成されるまでに、十億、そして一兆もの経験が必要になるかもしれないでしょう？　人類と一緒に生まれて、人類とともに成長し、人類と同じように充分に熟成されたものが、人類が滅びるとやはりうしなわれてしまう。そして、ワイマンや彼の仲間たちは、それを滅ぼそうとしているけれど、自分たちも最後は死滅してしまう。それは無意識を吸い込み、育み、夢を生み出し、人間の才能を輝かせる。それなしには、人類は器用に手を使うことができるだけで、夢をかたちにすることのない、ただの動物にすぎない。わたしたちはみんな宇宙や海底に探査機を送り込んできているけれど、人間の心の奥にはほとんど触れずじまい。すべての大きな神秘のなかでもいちばんの謎で、解明できればもっとも報われるはずの、人間の心の探索には及び腰というわけね」

ジュリアは風呂に入り、マーティは彼女が浴槽から出て身体を乾かすのを手伝った。ジュリアをベッドに横たわらせると、相手はにっこりと微笑み返した。「あなたも寝ましょう、マーティ。いいでしょ」

「すぐに寝るよ。ただ……いまはまだ落ち着かなくてね」

数分後、様子を見ると、彼女は寝息を立てていた。マーティは毎晩しているように、タバコを吸い、酒を呑み、歩きまわった。ジュリアはまるで何かに取り憑かれているようだ。その表現に、顔をしかめる。彼女は夜明けから、夜になって彼が制止するまで、働きづめだった。彼が三度の食事を用意していたものの、ジュリアは食べようとしない。食事だよとそばに寄っても、引き起こさないと気づかないほどだ。ときには戸口に立って妻を見つめ、ぞっとすることもあった。まるで別人のようで、かすかに目を閉じていることもあれば、すっかり目をつぶっていて一時的に意識をうしなっているのではないかと思わされることもあった。ぼくらの生命の鍵ともいえる、力がこもって白くなっている細腕で、木槌と鑿を握っている。作業中、彼女は手袋をはめない。厚手の羊毛のズボンに、厚手のセーターを着て、軍払い下げの毛布から作ったテントのようなポンチョを羽織っていた。毛皮の縁取りのあるブーツをはいているのに、両手は剥き出しだった。マーティが彼女の腕をつかみ、揺さぶると、徐々に相手の瞳に生気がもどり、ジュリアは微笑み返して、工具を置くのだった。そして、作っている作品を確認することもなく、夫とともに家に引き返す。彼は妻の凍てついた両手をこすり、家のなかでは暑すぎる厚手の上着を脱がせる。

午後九時にジュリアがベッドに入ってから、ときおり、彼は納屋の電灯を切りながら、製作中の作品をじっと立って見つめることがあった。そんなとき、これをひっくり返して粉々に打ち砕きたい衝動にかられた。ここしばらく、ヴェルヴェットのクッションにすわっている彼女と一緒に過ごしているとき、ジュリアに憑依しているこの作品が憎くてたまらなかった……。

暖炉にグラスを叩きつけ、その破片を拾い集めては灰皿に入れた。手に何かがきらめいていたので、しばらくじっと見つめる。そして急に床に突っ伏すと、彼女のために、自分のために、二人の子供のためにすすり泣いた。

「セア、なぜ奥さんを受診させなかったのですか?」

マーティは居間を歩きまわるワイマンを見返した。不意に、医者がひどくやつれているように感じた。笑う。ジュリア以外の人間はみんな、やつれているようだ。

ワイマンは苦い表情をうかべて、こちらに向きなおった。「警告したはずだ、セア。赤ん坊が生まれたとき、孤児になっているかどうかは、われわれの責任ではないとな。きみがいようがいまいが……」

マーティはうなずいた。「それについて、よく考えてみましたよ」片手で顔を掻く。四、五日分の無精髭が頬と顎を覆っている。手がふるえる。「なにからなにまでね」慎重に説明する。「すべてをです。あなたに協力したらぼくの負けだが、協力しなくても負けになる」

「われわれに協力すればそうしなうものはない。一人の女性がいなくなるだけだ。女はたくさんいる。奥さんが不慮の事故で出産時に亡くなったとしても、五年もたたないあいだに別の女性と再婚しているだろう……」

マーティはうなずいた。「そうなるでしょうね。完璧な愛や、永遠の愛情なんて存在しないと。なぜ、あなたはここに来たのですか、ワイマン? たった一人の患者のために自宅に出向けるほど、あなたは暇じゃないはずだ。こんな遠い田舎に往診に出るなんて、聞いたことがない。それも、電話もかけずにね」ふたたび笑う。「あなたは恐れていますね。なにが怖いのですか？」

「ジュリアはどこだ？」

「仕事中ですよ。納屋にいます」

「きみたちは二人とも、頭がおかしいのか？　いまも仕事をしているだって？　長く見積もっても、出産まであと二週間しかないのだぞ！」

「彼女がなにをしたいのかが大切なんだ。そして、母親になって一、二年、創作ができなくなるまえに作品を完成させなければならないんですよ」

ワイマンは鋭い目つきで彼を見返した。「それが彼女の望みなのかね？」

「自分の目で確かめればいい。なぜ、確認しないんです？　超人誕生計画のマスタープランに問題でも起きましたか？」

「みんなはもう死ななくてすむようになるから、ここに来たというわけなの、ワイマン先生？」

ポンチョを脱ぎながら、ストッキングを履いたジュリアが戸口に立っていた。「いますぐ、なにかしなければならないことがあるようね、ドクター？　ただすわって観察するだけじゃなくて、実行に移さなければいけないことが」

「内々にすませたいことがあったのだよ、わかるだろう？　知られずに会いたかったのだが、きみたち二人に遠出をさせるわけにはいかなかった」

ジュリアは笑い、セーターも脱いだ。「三人分のコーヒーを用意するわ」

マーティは妻を見た。「結論を言おう、ドクター。あなたも新しい判断を抱えてここに来たのでしょう？　ことが厄介になっていると気づいて」

「〝厄介〟か、そうだな。だが、乗り越えられないわけではない」

マーティが笑う。「髭を剃るあいだ、失礼しますよ。おくつろぎください。五分もかかりませんから」

マーティは台所に入って、背後からジュリアをぎゅっと抱きしめた。「これが本当なら、奴らはやりかたを全面的に変えなければならなくなったようだ。いままでの計画通りに人殺しを、大量殺人をつづけるわけにはいかなくなったらしい。ぼくらの判断で、なにが起きているのかを公表することさえ……」

ジュリアは身を引いて向きなおると、まっすぐに彼を見つめた。「これで終わりじゃないの。まだよ。状況が変わりつつあるってこと……」

「それは、なに？」

「わたしにも、わからないの。わかっているのは、まだこれで終わりじゃないってことだけ。こんなふうには終わらない。マーティ、あなたはどうしたいの？　場合によっては、自分の身が危なくなるかもしれない。でも、態度を決めなければいけないわ」

彼は肩をすくめた。「腹をくくらなければならないんだろうな。ひとまず、髭を剃ってくるよ」

彼女は首をふった。「決心しなきゃならないわね。たぶん、一週間以内に」

「ドクター・ワイマン、一般人よりも医者の自殺者の割合が上昇しているのはなぜですか？」

尋ねながら、ジュリアはコーヒーを注ぎ、砂糖を置いた。「そして、医者のなかのアルコールとドラッグの依存症患者の割合が増えているのは、なぜですか？」

ワイマンは肩をすくめた。「わたしにもわからんのだ、なぜだろう？」

「あら、それは、あなたたちのようにグループに加わっているお医者さまが、普通のひとよりも死を恐れるようになったからですよ。そうは思いませんか？」

「それは、あまりに単純すぎる理由ではないだろうか？」

「ええ。でも、的を突いた理由なんて、ごく単純なものだということが多いですけれど」

「ジュリア、一緒に来て診察させてもらえないか。わかるだろう。きみは混乱していて、胎児に危険がおよぶ恐れがある」

「いま創っている作品が仕上がれば、すぐにうかがいますわ。あと数日の問題です。それでよろしければ、検査をしてください。でも、まずは作品を完成させなければいけません。これはマーティへのクリスマス・プレゼントなんです」

マーティは彼女を見つめた。クリスマスだって。忘れていた。

ジュリアは微笑んだ。「だいじょうぶよ。赤ちゃんは、わたしへのプレゼントなの。彫刻が、あなたへのプレゼントよ」

「なにを創っているのかね？　見せてもらってもいいか？」ワイマンが尋ねた。「ただ、断っておくが、わたしは具現的なものを好んでいる。難解なものや、曖昧なものは苦手なのだ」

「これはごく単純な……〝日没《サンセット》〟を描いたものよ。ブーツを持ってきます」

彼女が男二人を残して出ていくと、ワイマンが立ち上がって、ぎこちない速足でうろうろしはじめた。「危機が迫っている。例外なくな。〝世界じゅうの文化圏で問題が暴発している〟とサンデー・タイムズも書いている。死の危険が世界じゅうに広がっているのだ」

「用意はいいですか？　もっと暖かい服が必要ではありませんか、ドクター？」

暖かい冬服に身をかためて、彼らは一緒に納屋に向かった。高さが十フィートもある彫刻が置いてある。見渡したところ、最初に置いてあった珪石はもうどこにもない。マーティには、妻があれをどうしたのかわからなかった。その場に残っていたのは、表面がでこぼこしている、鈍い赤色に黄色の筋が入った砂岩だった。とっても柔らかそうに見える。ジュリアは鑿で砂岩に乱雑に見える文様を彫っていた。最初に見たとき、それは尖塔や広場や屋根がならぶ中世の都市のように感じられた。都市の幻影はやがて消え、小剣のような頂上やどこともしれぬ谷間がある、山岳地帯の素描のように感じられてきた。ひょっとすると水没した山々の姿なのかもしれない。マーティは彫刻の周囲をぐるりとまわってみた。これは何なのだろう。目をそむけることができず、不思議なことに、胸の奥底から何ともいえぬ感慨が浮かび上がってきた。ドクター・ワイマンもじっと立ち尽くしたまま、困惑顔で彫刻を見つめている。黙ったまま、質問したそうな表情をしている。「これですよ。なにか気になることでも？」

「マーティ、わたしの手を握って。説明してあげたいの……」彼女の手は冷たく荒れてざらついていた。ジュリアは夫の手を引いて作品の周囲をまわり、西側からの照明に照らされた側面のまえで立ち止まった。「これは屋外に展示すべき作品です。丁寧に彫ってはいますけれど、磨かずに天然のままの光沢を生かした、なめらかな黒い玄武岩で芯の部分を作りました。そのままにしておくほうがいいとはわかっていたけれど、わたしは未熟者なのよ。風雪が徐々に、この形を変えてくれるでしょう。雨、雪、太陽、風。これは、それらの天候にさらされます。お客さまが望むのなら、触ってもらってもかまいません。これは触ってもらうための作品ですから。ほら、こんなふうに……」マーティは彼女が示した場所に片手を置いて、鋭い起伏のひとつを指でなぞった。「しばらく目を閉じてみて」ジュリアが言う。「手だけで感じるの」彼女はワイマンの手を取ろうとした。医者は彼女の左手側のすぐそばに立っていた。一瞬、彼は躊躇したものの、ジュリアは微笑んで医者の手を彫刻へと導いた。

「これの意味するものがわかるでしょう」彼女は説明した。「はっきりつかめないかもしれません。ほかの意味を感じ取る場合もあります……」

マーティは、妻が説明を止めたのに気づかなかった。でも、彼女が何を言いたいのかはわかる、手が理解していた。荒々しさや、無意味や、捕えどころのなさといったものを超越した意味が、これにはある。予想もつかない何かが。意味も無意味も超越した歪んだ線のなかから、何かが生まれようとしている。絵にはならない感覚だ。マーティの片手は、隠れて歪んでいる意味を感じ取っているような気がする。雨、雪、風を感じる。不完全さが重要性を持ち、わざとらしさは価値を損ね、説明のつかないじつに恐ろしい内面が現れてくる。悪夢のようになり、ひたすら変化しつづけ、そのサイクルが速くなっていく。荒々しい変化が進む。いまにも折れてしまいそうな突起部が斜めにかしげ、別の小さな突起とぶつかり、麓の部分に亀裂ができる。表面は風化して砂となり、赤黄色の水にさらされて、きれいな玄武岩になる。いくつもの深い溝が刻まれ、割れ、どんどん小さな石に砕かれ、ばらばらになり、さらに細かくなる工程がどんどん加速していく。硬くなめらかな何かが垣間見えたかと思うと、同じ赤黄色の水が輝いたが、岩はびくともしない。表面の一角が削られたことで、なかに隠れていたなめらかな光沢を放つ珪石が現れた。角ばり、四角く、美しく、鋭い、珪石の部分がさらに広くなる。天然の浸食によって変化する岩は、さらに謎めいた姿に変わっていく。

すっかり変わってしまうだろう。最後には。ゆっくりと変わるだろう。そして遠い未来には珪石の外殻がなくなり、最後に玄武岩だけが残る。

ずいぶんと長いあいだ立ち尽くしていたような感覚を覚えながら、マーティは目を開けた。ジュリアが穏やかな表情で彼を見つめている。彼女にウインクする。「良いね」と答えた。きちんとした説明にはなっていないが、ほかに表現しようがない。

ワイマンは岩から手を引き離し、ポケットの奥に突っ込んだ。「どうして、浸食を利用した彫刻を創ろうと思ったのかね？　徐々に変形する彫刻ならば、氷が素材のものと変わりないのではないか？」

「確かにね。でも、消えてしまうまえの外殻を見ておきたかったの。さらに、それを感じてみたかった」ジュリアはドアに向きなおり、男性たちが鑑賞し終えるのを待った。「来年、あなたがこれを見たなら、姿は変わっているでしょう。十年後も、二十年後も。その時々の変化から、異なった意味を感じ取れるでしょう。それぞれの変化は、いままで意識していなかったあなた自身や、あなたの世界についてなにかを教えてくれるでしょう」彼女は笑った。「せめてそうあってほしいと、願っています」

家と暖炉のなかで踊る炎のもとに帰るまで、彼らは何も喋らなかった。マーティはワイマンと自分のために酒を用意し、ジュリアはミルクの入ったグラスを持った。ワイマンは自分のスコッチウイスキーを一気に呑んだ。コートの胸元はひろげているが、脱ごうとしない。「死が迫っているような気がする」医者が不意に言う。「死と、腐敗と、破滅を感じる。われわれがいままでやってきたことが、すべて水の泡になるような気がするのだ」

「謎と、驚きと、畏敬の念も忘れないでくださいよ」マーティが答えた。「あなたがそういったものを排除したら、あとになにが残ります？　人間が器用に手と自分が作った道具を扱うことのできるただの動物にもどってしまい、ただし動物なので夢を描いたりはできなくなる。夢は人間の心に直結します。そうだよね、ジュリア？　〝内なるもの《インワード》〟だけが人間の生きる道を指し示せる」

「だから大切なのよ」いてもたってもいられぬといった様子で、彼女が説明した。「それを言いたかったの。でも、言葉にならなくて。〝内なるもの〟ね。そう。人生を送るなかで物事を見て、世界を経験するのは、自分の内心だわ。新しい刺激が追加されなくなれば、それはうしなわれてしまう。他者が世界や生きかたを変えていく。日々、新たな解釈や、新たな見識が生まれてくる。新しい感動が無意識のなかに取り込まれ、それから受けた印象や学んだことがもっと大きなものを生み出す」彼女はミルクを飲み干した。「少なくとも、一週間以内には診察してもらうようにします、ドクター。約束します。あなたに、わたしの赤ちゃんを取り上げてもらいたいので」

なぜ？　なぜ？　どうして？　マーティは歩きまわりながら、暖炉の炎が燃え尽き、やがて暗くなり、部屋が寒くなっていく様子を見ていた。穏やかに、そして物憂げに雪が降り、裏庭が別世界のようになっていく。どうして、ジュリアは奴らとあんな約束をしてしまったんだろう？それもなぜ、ワイマンに？　奴は納屋で何を感じたのだろう？　マーティは安楽椅子にドサッとすわり込み、夜明けが近づくなかでようやく眠った。

　病院が見える。何度も何度も見たことのある夢だった。彼は目覚めようとしたが、ずっと自分が夢を見ていることを意識していながらどうすることもできず、妻を探して通路をさまようしかなかった。ジュリアの名を呼ぶ。通路が、不気味なドアがどこまでもつづき、いつまでも部屋を探しつづける……。


「ジュリアの健康状態に問題はない。子宮口はもう開いている。出産まであと三、四日だろうが、彼女はもうしばらく作業をするつもりだろう。ジュリアはここに入院したほうがいい、セア。奥さんがどうなるかは、きみしだいだ」

　マーティはうなずいた。「どうするか決めるまえに、彼女に会いたい」彼はポケットからたたんだ新聞の切り抜きを取り出し、ワイマンのデスクにポンと投げ出した。「ところで、これはどういうことです。なぜ、ドクター・フィッシャーは窓から飛び降り自殺を図ったんですか？」

「わからない。書置きはなかった」

「フィッシャーはぼくを分析し、観察し、評価した、そうですね？　彼は素晴らしい記録をぼくの個人データに書き込んだんでしょう。ぼくを統合失調症と決めつけたんでしょう？　彼は精神科医だったはずだ」

「そうだ。きみは彼と会ったな」

「憶えていますよ、ワイマン。でも、あなたは彼がなぜ飛び降り自殺をしたのか教えてくれない。ぼくのほうから説明しましょうか。彼は精神的に行き詰まった、ちがいますか？　直感や夢を感じられない、無意識が働かない精神科医。そんな状態になったとき、彼は空っぽの状態におちいった、そうでしょう？　あなたたちみんなが、同じ状態になっているんだ！」

「きみがなにを言っているのか、わたしにはわからない。コナントは明日の朝から、きみを調べる予定だ。もしも問題なしとなれば……」

「地獄に堕ちろ、ワイマン。おまえも、コナントも、おまえら全員がね。くたばりやがれ！」

「わかった。たぶん、急がせすぎたかもしれないな。われわれはジュリアが出産するまで待つことにしよう。きみは赤ん坊と一緒にいたいだろう。われわれは待つことにする。ジュリアは四一九号室だ。きみの好きな時間に会いに行きたまえ」

マーティはドアをノックした。ジュリアがドアを引き開け、頬に涙を浮かべながら笑った。「うん。わかってる。あなたはだいじょうぶよ」と叫んだ。

「ぼくがどうしたって？　ぼくのほうこそ、きみは無事だよと教えに来たのに」

「ずっとまえから、わかっていたの。マーティ、だいじょうぶ？　もちろん問題はないはず。

わかっているわよね。彼……ワイマンはまだ状況がわかっていないの。医者の多くが……」

「ジュリア、ちょっと待って。きみの話はあまりに飛躍し過ぎて、ついていけないよ。なにがどうなっているんだい？」

「いずれ、いまにわかるから。まず、集合的無意識というものがあって、彼らはそれをうしなってしまったの。自分たちのほうからそれを切り捨てたのよ。だから、空っぽになってしまった。彼らは合成RNAによるものだと思っていたけれど、それは誤解よ。彼らは赤ん坊を切望していたけれど、その段階で赤ん坊を望む理由が曖昧になっていた……」ジュリアは急に口を閉ざし、片手で腹を触った。びっくりしたような表情が浮かぶ。「先生がまだこのビルにいるかどうか、確認してもらったほうがいいかも」

「奥さんはだいじょうぶだ。あと数時間だろう」ドクター・ワイマンはマーティと一緒に待合室の椅子にすわっていた。「教えてほしいのだ、セア。なぜ、彼女はあのような彫刻を創ったのだ？彼らのような芸術家たちは、なぜ詩や戯曲を書いたり、絵を描いたりするのだ？　なぜ？」

マーティは笑った。

「おかしいか」目をこすりながら、ワイマンが言った。「それを確認しなければいけないと感じるのだよ。おそらく、昔はわたしも知っていたのだろう。おっと、彼女を定期的に診察しなければならなかった」医者は立ち上がった。「ところで、わたしのデスクに、今朝、きみがドクター・コナントと会う約束をしているというメモがあるのに気づいた。具合が悪いなどの問題があるのかね？」

「ぼくは元気ですよ、ドクター。絶好調です」
「よかった。安心したよ。では、またすぐに」

夢とそっくりに左右にならぶ不気味なドアをちらちらと見ながら、マーティは廊下を進んだ。「あなた、こっちよ。わたしは、ここ」彼女の声のほうに向きなおって、彼は進んだ。「男の子だったの、ダーリン。大きくて、しわがれ声の子よ」顔を伏せると、暖かい涙が頬に流れた。しばらくして、赤ん坊のことで声をかけようとしたとき、ワイマンはマーティが微笑みながら眠っているのに気づいた。医者は怪訝な顔をしながら、しばらく彼を見つめていた。何かしら大切なものがここにある。何かが。自分が忘れているものが。文句なしの出産だった。問題はない。赤ん坊は五体満足。母親も健康そのもの。まったく問題はなかった。医者は肩をすくめ、忍び足で病室を出て、眠っているマーティを残して帰途に就いた。ジュリアが面会可能になると、看護師が夫を起こした。

「ダーリン、綺麗だよ。とっても美しい。やっぱり、クリスマス・プレゼントを持ってきた」妻にそれを差し出した。ウインクして、滑稽な笑顔をうかべている縫いぐるみの犬だった。「こうなるって、わかっていたんだろう?」

「そうね。危険はあるかもって思っていたけれど。でも、ほかの対抗手段を取るともっと危険なことになる恐れもあったの。わたしたちはいままで、一緒に恐ろしい思いをしてきたわ。これからはじまる闘いを生き延びられる人間なんて一人もいないって。でも、それは彼らしだい。ワイマンやコナントといった医者はみんな、恐ろしい無力感にさいなまれているの。いままで学んできたように治療にあたればいいだけなのに。そうすれば、うまくいく」ジュリアはへこんだ腹をポンと叩いた。

「きみもそれを実践した。きみだけでなく、きみと同じようなひとも。心を開き、相手を受け入れ、すべてを取り込む。こういうときこそ、ほかの者との交流が大切だ。世界じゅうで文化的な大変動が起きている。きみはその一端にいて、ワイマンたちはその反対側の端にいて、心の内が満たされた者とまったく虚ろな者が共存している」

「いずれ、記録を調べて、いままでの子供たちがどうなったかつきとめましょう……」

「いまなら、彼らも捜索を協力してくれるだろう。彼らは指導者を必要としている。ひとびとは守られるべきだ……」

「永遠に、いつまでもね」

（訳・尾之上浩司）

# 〈解説〉

尾之上浩司

一昨年、『サンリオSF文庫総解説』（本の雑誌社）が発売され、リアルタイムに読んでいた世代も、遅れて知った世代も、サンリオSF文庫という、早川SFシリーズとも創元推理文庫とも違う道を進もうとした、とんがった叢書があったことを改めて実感することになった。この総解説が予想を上まわるヒットとなった理由のひとつは、他社にはないテイストのラインナップに惹かれる者が多かったためであろう。

さて、アトリエサードが翻訳SF進出の可能性を模索していると聞いて、最初に思い浮かべたのは、サンリオSF文庫でもうちょっときちんと紹介してほしかった女性作家たちのことである。マーガレット・セント・クレアに、キット・リード。さらに、それなりに冊数は出たものの、きちんと紹介されたといっていいのだろうか、という疑問を感じる作家もいた。ケイト・ウィルヘルムだ。翻訳本は出たものの、評価は定まらずに終わったように感じるのである。

そして、アトリエサードの編集部にもウィルヘルムの大ファンがいらっしゃったこともあり、今回、叢書の試金石にと、ウィルヘルムの短篇集を提案することにした。まずは、ウィルヘルムの略歴からはじめよう。

ケイティ・ガートルード・ウィルヘルムは、一九二八年六月八日にアメリカ、オハイオ州のトレドに生まれた。ケンタッキーの高校を卒業後、ファッションモデル、電話交換手、セールスウーマン、保険会社の事務員などを務める。一九四七年にジョゼフ・ウィルヘルムと結婚して二児に恵まれるが、一九六二年に離婚。一九五六年には短篇作家としてSF雑誌にデビュー。

ジュディス・メリル、デーモン・ナイトなどのSF作家が参加していたグループ《ミルフォード作家会議》に参加するようになり、その縁もあって、一九六三年に硬派のSF作家&編集者&評論家として有名だったデーモン・ナイトと再婚する。

ナイトとの結婚と、三人目の子供の出産を転機に、各種SF雑誌に中短篇をコンスタントに発表するようになり、一九六八年から一九八〇年まで続くナイト編の傑作書下ろしアンソロジー《オービット》シリーズの常連も務めながら、長編も発表するようになる。

処女長編はゴシックロマンス系のミステリーMore Bitter Than Death（1962）（これは最初マイナーな出版社からペーパーバックで刊行され、翌年、大手からハードカバーで出しなおされている）。そして、SFジャンルでの初長篇はシオドア・L・トマスとの合作The Clone（1965）で、これはトマスが書いた同題短篇の長篇化だった。変異物質流出による混乱を描いた一種のホラー・パニックもので、なんとネビュラ賞長篇部門の候補になった。

スティーヴン・キングは評論集『死の舞踏』（一九八一年・福武書店／バジリコ）のなかで、The Clone について、こう説明している。

「（略）このケイト・ウィルヘルムという作家（主要作品に『鳥の歌いまは絶え』『クルーイストン実験』などがある）も、もとはといえばホラーでデビューした人。テッド・トマスとの共著になるウィルヘルムのこの処女作は、短いが非常にレベルが高く、『複製』のタイトルでペーパーバック・オリジナルとして出版された。純粋な蛋白質で形成されている不定形生物（いみじくも『サイエンス・フィクション・エンサイクロペディア』中で言及されているように、この生物、クローンというよりはたんなる肉塊といったほうがあたっている）が、大都市の下水管で大繁殖するという話で、しかも、繁殖の引き金となったのが腐りかけのハンバーガーというのだから恐れ入る。この不定形生物は、増殖しはじめ、ぶよぶよの体内に何百という人々を呑み込んでいく。いちばんショッキングなのは、幼児が台所のシンクの排水口に腕から呑み込まれていくシーンだった。」（安野玲訳）

ウィルヘルムのデビュー長篇を勘違いしているのはご愛嬌だが、キングが初期作品から注目していた一線級の作家だったことは、これでもわかるだろう。

さて、一九六八年にスタートした《クラリオン・ライターズ・ワークショップ》に参加しながら、精力的な創作活動が続く。一九六九年の短篇「計画する人」The Plannerでネビュラ賞を受賞。以後、一九六〇年代から二〇〇〇年代まで、各賞の常連候補者として活動を続けている。

日本ではサンリオSF文庫より『カインの市』City of Cain (1974)、『クルーイストン実験』The Clewiston Test (1976)、『鳥の歌いまは絶え』Where Late the Sweet Birds Sang (1976)、『杜松《ねず》の時』Juniper Time (1979)が訳された。『鳥の歌いまは絶え』はヒューゴー賞長篇部門を受賞し、ローカス賞の第一位に選ばれた。『杜松の時』はアポロ賞を受賞。

一九八〇年代からはミステリー・ジャンルへと舵を取り、そのうち、シリーズものの第一作『炎の記憶』The Hamlet Trap (1987)(創元推理文庫)と、単発の『ゴースト・レイクの秘密』Justice for Some (1993)(福武書店)が翻訳されたが、地味な展開のため話題にはならなかった。

すべて入手困難な状況でもあるし、サンリオSF文庫で紹介された長篇四冊の中身を、簡単にご紹介しよう。

**『カインの市』**ベトナム戦争に従軍して負傷し、帰国した医師が主人公。怪我の影響で謎の意識障害を発症するのだが、それがきっかけで他者の意識を感知するようになり、重要な軍事機密を知ることになるが……。

**『クルーイストン実験』**薬品企業に勤めるヒロインのアンは交通事故で足に障害が残る。アンはもとから痛覚にひどく弱い体質で、事故により苦痛にさいなまれている。ちょうど職場で研究中だった鎮痛薬を自身に使えないかという誘惑にかられるが……。

**『鳥の歌いまは絶え』**放射能汚染によって生殖能力が阻害された人類が暮らす未来で、問題解決のために新たな医療機関が設けられ、そこではクローン技術の研究が進められていた。しかし、歪んだ社会のなかで人類存続の動きは道を踏み外し……。

**『杜松の時』**大旱魃《だいかんばつ》で衰退しつつある地球が舞台。地球規模の災害がひろがり人々は困窮し、科学技術による問題解決なども打ち切られ、衰退の一途をたどるのかと思われるなかで、言語の学問に秀でたヒロインが地球外からのメッセージの解読にかかわることになるが……。

どれも、かなり期待させる設定である。しかし、じつはウィルヘルムは骨太な物語を起承転結にしたがって推し進めるストーリーテラーではない。彼女の長目の作品に共通するのは、舞台や時間を前後左右に飛びまわりながら、一本の物語をパッチワークのようにつぎはぎに繋いでいって、最後になってようやく全体像が見えてくるという構成を好むという点である。

なので、導入部から直線的に物語を追うようなわかりやすい展開にはなかなかならない。このため、あらすじ書きを読んで期待していたのと勝手が違うからということで批判的な読者もいるようで、日本での評価は賛否両論にわかれてしまっているようだ。最初からそういうものだと考えて読み始めれば、じつに面白いのにね。

とはいえ、ウィルヘルムが、技巧が光る一流の作家なのは、日本の識者もひろく認めている。何らかのクライシスに見舞われている主人公たちが、その状況下で必死に生きながら、活路を探るという話が多い。設定や背景はリアルでハードだが、語り口や人物にはイギリス小説のような幻想味がただよっている。登場人物たちが自分たちの生きている世界に違和感を味わっていることが多く、これは作者のウィルヘルムがアメリカ出身でありながら、ひょっとしたらアメリカという国やアメリカSFと自分は違うという意識を持っていたことが、作品に反映されているのかもしれない。

ということで、今回、作品集を編むにあたって、まずは読みやすく、わかりやすい初期の代表的な短篇をならべることにした。もちろん、どれもその端々にウィルヘルムらしさがきらめいている。彼女は従来、日本ではフェミニズムやジェンダーと絡めて言及されることが多かったかもしれないが、逆に性差を超えたクールな作品世界は現代の読者にこそ向いているように思う。そこに、J・G・バラード、ガルシア＝マルケス、トマス・M・ディッシュ、ラテン・アメリカ文学などが好きだという彼女の趣味がそこはかとなく反映されているように思うのだが、いかがだろうか。

では、収録作品の紹介を。

**「翼のジェニー」** Jenny with Wings の初出は、一九六三年に刊行されたウィルヘルムの第一短篇集 The Mile-Long Spaceship。日本ではＳＦマガジン一九七五年三月号に訳出され、のちに故・風見潤氏編のアンソロジー『たんぽぽ娘』（集英社文庫コバルトシリーズ）に再録された。今回、その訳文を訳者の佐藤正明氏みずからが改訂したものを、ここに収めさせていただいた。

思春期を迎えた、翼のある少女ジェニーの悩み事とは何か？　ウィルヘルムの好むモチーフがいくつも使われているが、ロマンティック・ファンタジイとして完結しているところがとても心地よい。広く読まれてほしい一篇として、冒頭に収めさせていただいた。男性の医者や科学者は、作者が好んで使うキャラクターである。

**「決断のとき」** A Time to Keep は雑誌〈ザ・マガジン・オブ・ファンタジイ＆サイエンス・フィクション〉一九六二年一月号に発表され、第二短篇集 The Downstairs Room and Other Speculative Fiction に再録されている。安田均氏の翻訳で一九八〇年三月刊の〈別冊・奇想天外ＳＦファンタジイ大全集〉に掲載されたものの、安田氏自身による改訳版である（このあと二篇も同じ）。

端的に言うなら、トワイライト・ゾーン的な物語である。主人公をドアの向こう側で待つものは何か？　これまた、男性の医師が登場する。

**「アンドーヴァーとアンドロイド」** Andover and the Android は第一短篇集 The Mile-Long Spaceship に書き下ろされた作品。風見潤＆安田均編のロボットものアンソロジー『ロボット貯金箱』（集英社文庫コバルトシリーズ）に訳出されたもので（このときの邦題は「アンドーヴァーの犯罪」）、安田氏の改訳版を収録させていただいた。

女性アンドロイド、もしくは人間の女性の複製の出現による悲喜劇という設定は、レスター・デル・レイの「愛しのヘレン」（そういえばこれは日本の某有名漫画家による翻案版があったな）や、ウィリアム・テンの「クリスマス・プレゼント」など、いくつも名作が残っているが、これはウィルヘルムが書いただけに男性作家のそれとはちょっと違うテイストになっている。

**「一マイルもある宇宙船」** The Mile-Long Spaceship は

雑誌〈アスタウンディング・サイエンス・フィクション〉一九五七年四月号に発表され、デーモン・ナイトやT・E・ディクティらのアンソロジーに何度も再録されているアンソロジー・ピースの一本である。ウィルヘルムの第一短篇集の表題作にもなった。日本ではSFマガジン一九七五年三月号に安田均氏の翻訳が掲載され、その改訳版を再録している。

これもトワイライト・ゾーン的な一本と言っていいかもしれない。一マイルもある宇宙船とは、何の象徴なのか?

**「惑星を奪われた男」** The Man Without a Planet は雑誌〈ザ・マガジン・オブ・ファンタジイ&サイエンス・フィクション〉一九六二年七月号に発表された。アブラム・デイヴィッドスンが〈ザ・マガジン・オブ・ファンタジイ&サイエンス・フィクション〉のベスト集に選んでいる。本邦初訳である。

火星開発を担った男を待っている運命を描く一本。最前線の現場で苦しい立場に追いやられている科学者や医者の主人公というのも、作者が好む設定のひとつである。

**「灯かりのない窓」** No Light in the Window は第一短篇集 The Mile-Long Spaceship に書き下ろされた。本邦初訳作品である。

一九六〇年代は冷戦とともに米ソの宇宙開発競争が激化していた時代で、アメリカのアポロ計画によって有人宇宙船の月着陸が間近にせまっていた。そのため、小説でも宇宙開発や宇宙飛行士をテーマにした作品が増えていた。「灯かりのない窓」は、作者ならではの視点でそのテーマに切り込んだものといっていいだろう。ウィルヘルムお得意の暗喩をこめた題名とともども、記憶に残る作品である。

**「この世で一番美しい女」** The Most Beautiful Woman in the World はウィルヘルムの第二短篇集 The Downstairs Room and Other Speculative Fiction に書き下ろされた。本邦初訳作品である。

第一短篇集は、ウィルヘルムの初期SFらしい、技巧が冴える賑やかな作品が集められていたが、第二短篇集はそれとはちょっと印象の異なる幻想怪奇趣味が横溢した作品が増えていた。なかでもこれは、ダークファンタジイや寓話とも、サイコホラーとも解釈が可能な異色作。女性に訳していただくのがふさわしい作品と思い、作家の伊東麻紀氏に訳していただいた。どのように解釈するかは、読者にお任せしよう。

さて、本書の構成を考えた時、わかりやすい短篇を前半にならべ、後半は長篇に通じるテイストの長目の作品を入れようと考え、最後にこの中篇を選ばせてもらった。

**「エイプリルフールよ、いつまでも」** April Fool's Day Forever（1970）はデーモン・ナイト編のアンソロジー Orbit 7（1970）に書き下ろされ、ウィルヘルムの第四短篇集 The Infinity Box などに再録されている。一九七一年のネビュラ賞の中篇賞候補になった、本邦初訳作品である。

この作品には、一八六〇年代から八〇年代前半の旬のウィルヘルムが好んで使っていたモチーフのほとんどが登場する。また、これを読むと、ウィルヘルムをアメリカSFよりもイギリスのSFや幻想文学の作家に近いように感じる読者も少なくないだろう。

題名にあるエイプリルフールとは何なのか。それがいつまでも続くというのはどういうことかなど、受け取りかたによって作品の解釈は違ってくるだろう。これを気に入られた読者は、ウィルヘルムの長篇をお読みになるといいと思う。なお、これが書かれた一九七〇年の合成ＲＮＡに対する考えはその後訂正されることになるのだが、当時は合成ＲＮＡ技術への期待がひろがっていたので、フィクションへのこういう使いかたはありだった。

余談だが、作者が現代のショウビジネスの世界を詳しく描くのは珍しいように思う。そして、その報道番組の楽屋裏に、ワンマンで敏腕のプロデューサーと、その下働きにコルチャックという報道の人間がいるというのは、本篇が発表された時期にちょうど書かれていたジェフ・ライスのモダンホラー長篇『事件記者コルチャック ラスヴェガスの吸血鬼』を連想させて、これも一種のシンクロニシティだなと思ったものである（わかるひとにだけしかわからないネタで申し訳ない）。

なお、本作品の翻訳に関しては、細部の確認についての増田まもる氏、大野典宏氏、山下昇平氏に貴重なご指摘をいただいた。ここに記して感謝する。

ウィルヘルムについては、これまでに訳出された長篇の解説はどれも力作ぞろいで、彼女に興味を持たれた読者ならすべて必読である。また、来日した時のインタビューも収録した〈季刊NW―SF〉18号（一九八二年十二月号）はケイト・ウィルヘルム特集号で、中短篇三本の翻訳や山田和子氏の貴重な評論も掲載されているので、これまた探してでも読むべき一冊である。

一九八〇年代、サンリオSF文庫では、長篇のThe Killer Thing（1967）、The Nevermore Affair（1966）（彼女には珍しいストレートな心理サスペンスもの）、Margaret and I（1971）と、短編集The Infinity Box（1975）、Somerset Dreams and Other Fictions（1978）などが予定されていたが、最後まで形にならずに終わったのが、じつに惜しい。

彼女の中短篇には、いま読んでも新鮮な驚きを感じる作品がまだまだ未紹介のまま埋もれている。本書が好評なら、少なくともあと一冊は作品集を編みたいものだ。

なお末尾になったが、資料面で仲田恭介氏にご協力いただき助かった。感謝する。

二〇一六年七月

# ケイト・ウィルヘルム作品一覧

## 〈長篇〉

More Bitter than Death（1962）
The Clone（1965, with Theodore L.Thomas）
　＊ネビュラ賞候補
The Nevermore Affair（1966）＊非ＳＦ
The Killer Thing（1967）
Let the Fire Fall（1969）
The Year of the Cloud（1970, with Theodore L.Thomas）
Margaret and I（1971）
City of Cain（1974）
　『カインの市』日夏響訳（サンリオＳＦ文庫）
Where Late the Sweet Birds Sang（1975）
　『鳥の歌いまは絶え』酒匂真理子訳（サンリオＳＦ文庫）
　＊ヒューゴー賞受賞・ネビュラ賞候補・ローカス賞第一位
The Clewiston Test（1976）
　『クルーイストン実験』友枝康子訳（サンリオＳＦ文庫）
Fault Lines（1977）
Juniper Time（1979）
　『杜松《ねず》の時』友枝康子訳（サンリオＳＦ文庫）
　＊ネビュラ賞候補・アポロ賞受賞
The Winter Beach（1981）
A Sense of Shadow（1981）
Oh, Susannah!（1982）
Welcome, Chaos（1983）
Huysman's Pets（1986）
Crazy Time（1988）
Cambio Bay（1990）
Naming the Flowers（1992）
Justice for Some（1993）
　『ゴースト・レイクの秘密』竹内和世訳（福武書店）
The Good Children（1998）
The Deepest Water（2000）
Skeletons（2002）
The Price of Silence（2005）
Death of an Artist（2012）
In Between（2014）

Constance and Charlie　コンスタンス&チャーリー・シリーズ（ミステリー）

1. The Hamlet Trap（1987）
『炎の記憶』藤村裕美訳（創元推理文庫）
2. The Dark Door（1988）
3. Smart House（1989）
4. Sweet, Sweet Poison（1990）
5. Seven Kinds of Death（1992）
6. A Flush of Shadows（1995）
7. The Gorgon Field（2012）
8. All For One（2012）
9. Sister Angel（2012）
10. Torch Song（2012）
11. With Thimbles, With Forks, And Hope（2012）
12. Whisper Her Name（2012）

Barbara Holloway　バーバラ・ホロウェイ・シリーズ（ミステリー）

1. Death Qualified（1991）
2. The Best Defense（1994）
3. For the Defense（1995）
4. Defense for the Devil（1999）
5. No Defense（2000）
6. Desperate Measures（2001）
7. The Clear and Convincing Proof（2003）
8. The Unbidden Truth（2004）
9. Sleight Of Hand（2006）
10. A Wrongful Death（2007）
11. Cold Case（2008）
12. Heaven Is High（2011）
13. By Stone By Blade By Fire（2012）

**〈短篇集〉**

The Mile-Long Spaceship（1963）［別題 Andover and the Android（1966）］
The Downstairs Room（1968）
Abyss（1971）＊長目の中編二本立て
The Infinity Box（1975）
Somerset Dreams and Other Fictions（1978）

Better than One (1980) (with Damon Knight)
Listen, Listen (1981)
Children of the Wind (1989)
And the Angels Sing (1992)
Fear Is A Cold Black (2010)
The Bird Cage (2012)
Music Makers (2012)
The Infinity Box : A Collection of Speculative Fiction (2015)
Kate Wilhelm in Orbit, Volume Two (2015)
Kate Wilhelm in Orbit, Volume One (2015)
Yesterday's Tomorrows (2015)

**〈既訳中短篇〉**

**「一マイルもある宇宙船」**
The Mile-Long Spaceship (Astounding Science Fiction, April 1957) 安田均訳　ＳＦマガジン一九七五年三月号　本書所収

**「決断のとき」**
A Time to Keep (F&SF, January 1962) 安田均訳　別冊奇想天外　ＳＦファンタジイ大全集　一九八〇年三月　本書所収

**「惑星を奪われた男」**
The Man Without a Planet (F&SF, July 1962) 増田まもる訳　本書所収

**「翼のジェニー」**
Jenny with Wings (THE MILE-LONG SPACESHIP, 1963) 佐藤正明訳　ＳＦマガジン一九七五年三月号
　↓再録『たんぽぽ娘』風見潤編　集英社文庫コバルトシリーズ　一九八〇年　本書所収

**「アンドーヴァーとアンドロイド(アンドーヴァーの犯罪)」**
Andover and the Android (THE MILE-LONG SPACESHIP, 1963) 安田均訳『ロボット貯金箱』風見潤&安田均編　集英社文庫コバルトシリーズ　一九八二年　本書所収

**「灯かりのない窓」**
No Light in the Window (THE MILE-LONG SPACESHIP, 1963) 増田まもる訳　本書所収

**「ベイビィ、きみはすばらしかった」**
Baby, You Were Great (ORBIT 2, edited by Demon Knight,

1967）酒匂真理子訳　奇想天外　一九七八年七月号
↓再録『ザ・ベスト・フロム・オービット（上）』ＮＷ—ＳＦ社　一九八四年（THE BEST FROM ORBIT 1, 1975）
（新訳）「やっぱりきみは最高だ」安野玲訳『20世紀ＳＦ〈3〉１９６０年代　砂の檻』中村融&山岸真訳　河出文庫　二〇〇一　＊ネビュラ賞候補

「計画する人」
The Planners（ORBIT 3, edited by Demon Knight, 1968）山形叶子訳『ザ・ベスト・フロム・オービット（上）』ＮＷ—ＳＦ社　一九八四年（THE BEST FROM ORBIT 1, 1975）
＊ネビュラ賞受賞

「この世で一番美しい女」
The Most Beautiful Woman in the World（THE DOWNSTAIRS ROOM AND OTHER SPECULATIVE FICTION, 1968）伊東麻紀訳　本書所収

「サマセット・ドリーム」
Somerset Dreams（ORBIT 5, edited by Demon Knight, 1969）室住信子訳　季刊ＮＷ—ＳＦ　一九八二年十二月号

「エイプリルフールよ、いつまでも」
April Fool's Day Forever（ORBIT 7, edited by Demon Knight, 1970）尾之上浩司訳　本書所収　＊ネビュラ賞候補

「遭遇」
The Encounter（ORBIT 8, edited by Demon Knight, 1970）山田順子訳『街角の書店』中村融編　創元推理文庫　二〇一五年　＊ネビュラ賞候補

「掃討の村」
The Village（BAD MOON RISING, Edited by Thomas M.Disch, 1973）田中一江訳　ＳＦマガジン二〇〇〇年十月号

「銀の犬」
The Hounds（A SHOCKING THING, Edited by Demon Knight, 1974）安野玲訳『幻想の犬たち』ジャック・ダン&ガードナー・ドゾア編　扶桑社ミステリー　一九九九年（Dogtales! 1988）

「惑星物語」
Planet Story（EPOCH, edited by Roger Elwood & Robert Silverberg, 1975）増田まもる訳　季刊ＮＷ—ＳＦ　一九八二年十二月号

「バグリイ夫人、火星に行く」
Mrs. Bagley Goes to Mars（SOMERSET DREAMS AND

OTHER FICTIONS, 1978）久霧亜子訳 季刊NW―SF 一九八二年十二月号

**「アンナへの手紙」**

Forever Yours, Anna（Omni, July 1987）厚木淳訳 日本版オムニ 一九八八年十一月号 ＊ネビュラ賞受賞

**「花の名前」**

Naming the Flowers（F&SF, February 1993）増田まもる訳 ＳＦマガジン 一九九四年九月号

**「キリストの涙」**

Christ's Tears（1996）藤村裕美訳『ＥＱＭＭ90年代ベスト・ミステリー 夜汽車はバビロンへ』ジャネット・ハッチングズ編 扶桑社ミステリー 二〇〇〇（The Cutting Edge: Best and Brightest Mystery Writers of the 90's, 1998）

## 〈作品のテレビドラマ化〉

The Lookalike（1990）《戦慄のメモリー》＊テレビ長篇映画
監督ゲイリー・ネルソン（映画《ブラック・ホール》）
脚色リンダ・バーグマン、マーティン・ターセ
出演メリッサ・ギルバート（テレビ《大草原の小さな家》）、ダイアン・ラッド（映画《チャイナタウン》《ワイルド・アット・ハート》《何かが道をやってくる》）、ジェイソン・スコット・リー（映画《ジャングル・ブック》《ドラゴン／ブルース・リー物語》）
＊一九八八年の短篇 The Look Alike が原作のニューロティック・スリラー

Out of the Unknown : Andover and the Android（1965）
監督アラン・クック
脚色ブルース・スチュワート
出演トム・クリドル
＊若きリドリー・スコットが部分的に美術で参加していたことでも知られる、日本未放映のイギリスBBC制作ＳＦアンソロジー・テレビドラマ・シリーズ Out of the Unknown の一本。原作は短篇「アンドーヴァーの犯罪」。なお、この番組のオープニングには、真っ暗な背景の前で、黒タイツ姿の女性が白い縞模様のライトを浴びて踊る場面があって、たぶん「エイプリルフールよ、いつまでも」に登場する類似描写はそれを揶揄しているのだろう。

ケイト・ウィルヘルム Kate Wilhelm
1928年、オハイオ州に生まれる。1956年のデビュー以来、SFを中心に、ファンタジー、ミステリなどを数多く発表。1977年、長篇『鳥の歌いまは絶え』でヒューゴー賞、ローカス賞を共に受賞。『カインの市』『クルーイストン実験』『杜松の時』(以上、サンリオSF文庫)などの長篇のほか、短篇も数多く邦訳され、本書表題作「翼のジェニー」はことに高く評価されている。創作活動のほか、小説家志望者のためのワークショップの運営もしている。

伊東 麻紀(いとう まき)
小説家。著書に『〈ブラック・ローズ〉の帰還』ほか多数。

尾之上 浩司(おのうえ こうじ)
英米文学翻訳家、評論家。訳書にマシスン『ある日どこかで』ほか多数。

佐藤 正明(さとう まさあき)
英米文学翻訳家。翻訳作品にヴァンス「ミール城の魔法使」ほか多数。

増田 まもる(ますだ まもる)
英米文学翻訳家。訳書にマコーマック『ミステリウム』ほか多数。

安田 均(やすだ ひとし)
英米文学翻訳家、ゲーム・クリエイター。訳書にプリースト『逆転世界』ほか多数。

TH Literature Series

# 翼のジェニー
## ウィルヘルム初期傑作選

著　者　ケイト・ウィルヘルム
訳　者　伊東麻紀・尾之上浩司・佐藤正明・増田まもる・安田均
発行日　2016年10月21日

発行人　鈴木孝
発　行　有限会社アトリエサード
東京都新宿区高田馬場1-21-24-301 〒169-0075
TEL.03-5272-5037 FAX.03-5272-5038
http://www.a-third.com/　th@a-third.com
振替口座／00160-8-728019
発　売　株式会社書苑新社
印　刷　モリモト印刷株式会社
定　価　本体2400円＋税
ISBN978-4-88375-241-6 C0097 ¥2400E